長編小説

絶頂作戦

警視庁警備九課一係 秋川涼子

沢里裕二

竹書房文庫

目次

<主な登場人物>

秋川《あきかわ》 涼子《りょうこ》……警備九課所属。女性要人専門の警備警察官（通称LSP）。

東 山《ひがしやま》美菜《みな》……警備九課所属。涼子の相棒。

浦田《うらた》恵里香《えりか》……捜査一課から警備九課に転属。

西園寺《さいおんじ》沙耶《さや》……公安部から警備部に転属し課長に。涼子の上司。

明田《あけた》真子《まこ》……涼子の元上司。現在は広報課長。

岡田《おかだ》 潤平《じゅんぺい》……警備一課所属。特殊警護警察官（通称SSP）主任。

伊藤《いとう》泰助《たいすけ》……公安外人課所属。来日したマリアンヌの警護に就く。

中渕《なかぶち》裕子《ゆうこ》……商務大臣から都知事選に立候補し当選、新都知事に。

石坂《いしざか》浩介《こうすけ》……与党・民自党の幹事長。裕子の後ろ盾。

外山《そとやま》正彦《まさひこ》……都議会の大物議員。

マリアンヌ・フェス……フランスの検事正。五輪関連の疑惑調査のため来日。

プロローグ

六月二十一日。パリ。

フランス人なら、だれでもルーブル美術館とエッフェル塔に精通していると思ったら、大間違いだ。

――すくなくとも俺は、初めて来た。

フランス検事局特捜部長ルイ・ドロンは、閉館後のルーブル美術館の中をさんざん歩き回り、ようやく国宝『モナ・リザ』の前にたどり着いていた。もうへとへとだった。この美術館、やたら広い。

――どこに何があるのかガイドなしにはさっぱりわからない。

とはいえ定年間際のこの歳で、世界的名画を独占的に眺める機会に巡り合えるとは、まさに役得だ。

日本担当の美人検事正との待ち合わせ時間まで、まだ五分ほど余裕がある。

それまで天下の美人を、とっくり眺めてやろうじゃないか。

ルイは胸ポケットからルーペを取り出し、アルセーヌ・ルパン気取りで、モナ・リザの目、鼻、唇を、細かく観察することにした。

——なんか、おばさんくさく、ねぇか？

だいたい五百年前の女だから、おばさん臭いのも無理はない。

つづいてルーペをモナ・リザ嬢のバストにあてた。

——垂れているように見えるのは、俺だけか。

腰を屈め、もう一度、顔を見上げた。

下から上に見上げると、絵のニュアンスは変わる。それがレオナルド・ダ・ヴィンチの仕掛けらしい。モナ・リザの瞳がちょっときつくなった感じがする。第一印象はM女だったけど、見上げるとS女にも見える。

——後ろ手に、鞭《むち》を隠していたりして……おぉ、怖い。

あほな妄想をしながら、ルイは、モナ・リザの唇を見つめた。

——フェラチオは、上手だと思う。

あくまでも直感だ。絵を冒瀆《ぼうとく》する気など、さらさらない。

ルイは目を瞑《つむ》って、自分が舐められているところをイメージした。

モナ・リザの舌が出てきて……べろ……べろべろっ……と舐められている映像を頭に浮かべた。勃起した。

そこで我に返った。

――くだらねぇ。というか、何やっているんだ、俺。

絵なんか鑑賞するためにここに来たんじゃない。ルイはそもそもの任務に頭を切り替えた。

検事総長が、ルーブル美術館がパリでもっとも安全な場所だというから、密談の場所として選んだのだ。

ルイは気を取り直して、股間の男根のポジションを直した。勃起したので、すわりが悪い。

まもなく、日本担当の美人検事正のマリアンヌがやって来る。

――勘違いされては困る。

今年で三十三歳になる検事正マリアンヌ・フェスは、ソルボンヌ大学を卒業後、東京大学への留学経験を持つ日本通だ。

このミッションには彼女以外の適任者は存在しなかった。

そのためマリアンヌには、この人気《ひとけ》のないルーブルで、厄介《やっかい》なファイルを、暗記してもらうことになっている。

どれほど厄介なファイルかと言えば、うっかり露見させてしまったら、日本の現政権を転覆《てんぷく》させてしまうほどの内容が詰め込まれた内容のものだ。

題して「東京オリンピック招致にまつわる国際陸連会長への贈賄リスト」だ。

世に出たら、日本政府はひっくり返るに違いない。

この事件の発端が明るみになったのは、この春のことだ。

日本のロビイストがシンガポールのスポーツコンサルタント会社に不正な送金をしたという。そしてその会社から、国際陸連の会長に賄賂《わいろ》が渡り、開催都市決定の投票に影響を与えたというのだ。

それがきっかけで、フランスも捜査に乗り出すことになった。

収賄側のセネガル人陸連会長の活動拠点がパリであり、この男はフランスで何度も起訴されている札付きの男だった。

元陸上選手でありながら、世界中で収賄、脱税の罪を繰り返している男なのだ。それにも拘《かかわ》らず、このセネガル人は、何度も国際陸連会長の座に復帰している。

こんどこそ、追いやらねばならないというのが、フランス首脳の考えだ
理由はシンプルだ。「東京の次の開催地はパリでなければならない」からだ。

相次ぐテロ事件に見舞われたフランスは、最大の収入源である観光産業において、恐ろしいほどの減収を強《し》いられている。反転攻勢への一縷《いちる》の希望がオリンピック開催となっているのは間違いない。

そのためには、どうしてもあの陸連会長を失脚させる必要があった。

そうでなければ、パリは最後の投票まで、彼らに翻弄《ほんろう》され続けるだろう。さらに言えば、もともと貴族趣味の人間たちで構成されていたローザンヌの国際オリンピック委員会から、野蛮な利権屋たちを追放したいという、ヨーロッパの総意もあった。

したがってこの捜査には、ドイツ、英国、イタリアも協力している。最初の報道を手掛けたのは英国紙であり、立候補予定だったハンブルグやローマがあえて、手を下げたほどだ。ただし、実行部隊はフランスである。最大の受益国なのだから、当然と言えば当然だが、現場としては「超めんどうくせぇ」仕事だった。

――他国からの賄賂だなんて、一歩間違えれば、国際問題に発展する。

ルイはもう一度唇を舐めながら目の前の絵画を眺めた。

気を紛らわせるためにエロいことを妄想した。

モナ・リザのバストは、いったいどのぐらいのサイズなのだろうか。

レオナルド・ダ・ヴィンチは、この女にフェラチオをさせたのだろうか。

妄想した。推定有罪である。

きっとしゃぶらせながら、この絵を描いたに違いない。

後方からハイヒールで床を踏み鳴らす音が聞こえてきた。

ルイは腕時計を見た。部長に昇進したときに妻からプレゼントされた中程度の価格のカルティエだ。午後八時ジャスト。秒針までが揃っていた。

ゆっくり振り返ると、三歩後方に、両脚をクロスさせて、腕組みをしたアジア局日本担当の検事正マリアンヌ・フェスが立っていた。

パリコレのランウェイでポーズを決めるモデルのような格好だった。

「すぐに拝読させていただきますが、部長、モナ・リザを見ながら、なにを妄想していたんですか」

マリアンヌに股間を指さされた。

「いやいや、妄想などしておらんよ、とにかく、これを頼む」

照れながら、A4サイズで二十頁ほどのファイルを渡した。

中には日本の政財界の重要人物の名前が、びっしり記載されている。

検事局内ではこれを〈モナ・リザ・ファイル〉と名付けていた。門外不出という意味だ。

「日本政府に迷惑をかけてはならないようにというのが、大統領府の考えだ」

ファイルを一頁ずつ捲《めく》り、丁寧に読み込むマリアンヌのブロンドヘアーに向かって伝えた。指に唾《つば》を付けずに紙を捲れるマリアンヌが羨《うらや》ましかった。

「元総理や都知事なども含めて、政治家の名前がずらりと並んでいますね。それと賄賂の中継地点にコンタクトしたのは、広告代理店なんですね……それに大手のマスコミまで絡んでいるとは」

「そこに書かれている名前や団体名が露見するようなことだけはあってはならない」

「これが我が国から漏洩《ろうえい》したら、日本との友好関係は崩れますね。それどころか、米国からの信用も失ってしまうことになりそうです。シンガポールの『ブラックサークル』というコンサルタント会社から手をつけたいと思います。東京へ入る前にシンガポールで調査をしたいのですが……」

「問題ない。じっくりシンガポールで下調べをしてから、東京に入りたまえ」

「しかし国際陸連の会長の息子が集金会社をやっているって、露骨すぎますね」

マリアンヌが読みながら笑った。これほどわかりやすい賄賂システムが野放しにされているのは、オリンピック利権ぐらいだろう。

賄賂についての概念は国民性によって異なり、ヨーロッパの常識が国際的に通用するとは限らないのだ。

特に開発途上国が、国の威信をかけて開催を招致する場合などは、なりふり構わずであって、投票を取りまとめる力のある委員にとっては、金がトラックに乗ってやって来るようなものになる。

「おそらく今回も、あのセネガル人の金の流れを摑《つか》んでも、本人を検挙するのは不可能だろう」

すでに陸連会長とその息子は母国のセネガルに逃げ込んでしまっている。六十年前の宗主国であっても、現在のフランスに、セネガルでの逮捕権はおろか、捜査権すらない。

「つまり、本事案は、国際陸連会長の失脚だけが目的なのですね」

マリアンヌが資料から顔を上げた。

「そういうことだ。推定有罪で、世論を味方につけたいというのがエリゼ宮の考えだ。あの親子が、あと一年半ほど身動きが取れなくなればそれでいいんだ」

ルイはため息を漏《も》らすような口調で言った。

次期オリンピック開催都市は、二〇一七年の九月十三日、ペルーのリマで行われる第一三〇次ＩＯＣ総会で決まる。

それまでが誘致運動期間となるが、あのセネガル親子の動きを止めておきたいのだ。ライバルはロスとブダペストだ。

「マリアンヌ。キミが証拠を掴んだら、それで日本とも交渉できる。もっともそこから先はわれわれ行政官の仕事ではなく政治家の仕事だがね……キミは、証拠だけを掴んでくれればいい」

「承知しました。これは潜伏捜査でしょうか……」

マリアンヌが肝心なことを聞いてきた。

「いいや、次期開催候補都市からの視察員という名目で入国してもらう。外交官特権付入国だ。〈オルセー河岸《外務・国際開発庁》〉からすでに日本側に打診してある。来週には受諾の返事が来る予定だ」

「わかりました。久しぶりの日本です。先輩が商務大臣をしているので、力を貸してもらいます」

マリアンヌが鮮やかにターンをして、出口へと戻っていった。

ココ・シャネルがまだ生きていたならば、自分の作ったスーツを着る理想の女として、彼女をモデルに抜擢したことだろう。

六月二十五日。北京《ペキン》。

「いま、シンガポールのブラックサークルに手を突っ込まれたら、まずい」

周徳雷《シユウトクライ》は部下の連恩報《レンオンホウ》を呼び、たったいまダカールから入電された情報を伝えた。連は経理主任だ。四十になったばかりだが情報院の金庫番を任せてある。

「我が国が二〇〇八年の開催を招致した際の金なら、コンサルタント料ということで、国際社会に露見しても構わないのですが、いまはまず過ぎます」

連恩報が資料を見ながら、唇を震わせていた。

「いま、あそこには、どのぐらいの金が入っている？」

「二億ドルほど、入れております。セネガルでの新幹線事業のロビー活動費用だけではなく、あの親子に、アフリカ各国での利権獲得を担当させていますから……」

周徳雷は顎に手を置いて、天安門のほうを眺めた。

相談している場合ではない。共産党幹部たちは南シナ海における領有権問題で、国際司法裁判所が下す判決の分析と、八月に行うＧ20のことで頭がいっぱいだ。

少なくとも、Ｇ20が無事閉会するまでは、国際的な負のイメージをこれ以上背負い込みたくはないはずだ。

伊勢志摩《いせしま》サミットでは、我が国の経済失速がクローズアップされたばかりだ。さらにはオバマの広島訪問という政治ショーで、見事に日本にポイントをあげられ、党幹部たちは、いま地団駄《じだんだ》を踏んでいる。

――ここで、国際戦略の裏金が発覚してはまず過ぎる。

党首脳としては、経済状況の悪化を「新常態」ということにして、国民に対してはさらなる「大国の夢」を示していかなければならないのだ。

周徳雷はこの問題を国家安全情報院の中だけで解決してしまわなければならないと考えた。

「粛清されるか、大昇進するか、バクチに出るしかないな」

周徳雷は窓の景色を眺めながら、それとなく呟《つぶや》いた。

「情報院の独断でやるということですか……」

連恩報が目を剝《む》いた。まだまだ肝《きも》が据わっていない若者だと思う。

「シンガポール資金がバレたら、国自体が知らない金が世に出てきてしまうんじゃないのかね」

他人事のように言ってやった。連恩報が気色《けしき》ばんだ。

「当然そうなります。ただし、アフリカ、中東、西アジア一帯の国に、ロビー活動するための資金は、我々がばらまいているのを、上層部だって知っているはずです」

「知ってはいるが、首脳陣は総額なんて知らん。うちらは、正式な予算以外にも、ロンダリング用の金を個々の幹部から預かっているんだよ。それ自体がやばいじゃないか」

周徳雷は窓のほうだけを向いて語った。自分の目が血走っているのを、ひたすら隠す必要があった。

共産党幹部たちの不正蓄財などいまに始まったことではない。周徳雷が配属になった四十年前から、脈々と続いているのだ。

――この国こそ、賄賂天国だ。

党のエリートたちは、大学まではある程度頭脳で競い合いあうが、入党してからは、常に上層部へ賄賂を貢《みつ》ぐことによって、昇進していく。

それが、中国という国の政治システムだ。

したがって賄賂用の資金を隠匿《いんとく》するのも能力のひとつとされている。

階級が上がれば、かつて渡した金以上の見返りがあるのだから、日本でいうところの「ねずみ講」のようなシステムだ。

情報院は、そうした金を海外に隠匿するには最適な部門で、多くの共産党幹部がこの機関を利用していた。

　当然、現幹部たちの金も情報院には隠されている。運用は周徳雷と連恩報でやっていた。外国為替による運用が主体だが、全世界に散らばる華僑《かきょう》たちに貸与するのが、最も効果的だった。共産党の埒外《らちがい》にいる中国人ではあるが、錬金術において、おそらく世界中どこを探しても、彼らに敵《かな》う集団はない。

　シンガポールのブラックサークルは、そもそも北京オリンピック招致の際に、協力してくれたアフリカ系華僑たちが繋《つな》いでくれたコンサルタント会社だ。

　えげつないセネガル人がやっている会社だったが、父親が国際陸連の会長で、アフリカおよび南米、中東の委員たちに顔が利いた。いわゆる集票マシーンの役割を果たしていた。

　当時から、ここにコンサルタント料を払うのは、ある種の国際慣行となっていたはずだ。

　したがって、コンサルタント料の性格がたとえ賄賂性が高いものであったとしても、大きな問題ではない。

　中国では当たり前のことで、金で権力を買うことを嫌うヨーロッパ人とは感覚が違うだけだ。オリンピックを爆買いして何が悪い。

そして中国はこのブラックサークルという会社を、そののちは、アフリカ進出への足がかりとして利用することにしたのだ。

イケイケのセネガル人親子は、わかりやすい性格で、金でどうにでもなった。

国家が個人に対して賄賂を贈り始めたのだ。親子は尻に花火を挿《さ》したような勢いで、働きだした。

日本の古い諺《ことわざ》がある。

――蛇《じゃ》の道は蛇《へび》――

である。

賄賂好きには、賄賂の習慣がある国が、もっともコミットできる。

それに新興国には新興国同士の共同の野望があった。

先進国がすでに失った「成り上がりたい」という欲望である。その共同目標のために中国とアフリカは、水面下で気脈を通じ合うようになった。

おかげで共に裏をかく作戦がいくつも出来上がり、中国はアフリカに大挙して労働者を送り出し、セネガル人親子はパナマに大金を隠すことに成功した。

蜜月は五年ほど続いたと思う。ところが、あのセネガル人たちは日本にも接近しだしたのだ。まったく節操のない人間たちだ。

よりによって日本だ。あきらかにやつらは中国と日本を天秤《てんびん》にかけだしたのだ。

——日本がアフリカの権益でも、巻き返しを図り始めている。

周徳雷はそう感じていた。

土木建築と最新テクノロジーの組み合わせは日本の御家芸だ。

四年前までの前政権では「二番じゃだめなんですか？」みたいなことを言うゆるい幹部がいたりしたために、一歩も二歩も後退してくれていた日本だが、このところ、国際競争力を取り戻しだしてきた。

「ひょっとしたら、シンガポールに入った金は、オリンピック招致に関するものだけではないんじゃないか……〈シンカンセン〉をアフリカに走らせるための工作資金ということはないのか」

「それは、まずいですよ。あの大陸でのインフラ投資を日本に奪われたら、わが国では、暴動が起きる」

連恩報が目を剝いた。同感である。現在の共産党幹部たちは、国民に「大国復権の夢」を持たせ過ぎたために、落としどころがなくなってしまっているのだ。

「内緒で、やるしかないだろう」

「フランスの捜査妨害ですか？」

ようやく連恩報がタブレットを開いた。工作員リストである。

「それだけでは、むしろ日本の得になるようなものだ。モナ・リザ・ファイルの内容を白日の下にさらせ。それで日本にふたたび、政権交代を起こさせるんだ……」

周徳雷は、さらに付け加えた。

「……私とキミの金だけは、いますぐにパナマに移動させておけ」

連恩報が頷《うなず》いてタブレットを操作しだした。

第一章　選挙パニック

1

「着いたわ……」

六月二十八日。ＡＮＡ七八便は予定通り午後九時五分に羽田に着陸した。

秋川《あきかわ》涼子《りようこ》はかけていたサングラスを額の上にずらし、隣席の美熟女の様子を確認した。

「もう東京なのね……」

商務大臣の中渕《なかぶち》裕子《ゆうこ》はすでに目覚めていた。裕子が両腕をあげて、伸びをはじめた。

大臣のライムグリーンのジャケットの奥から、盛大なバストがせり上がってくる。

毎日見ているが、とにかく巨乳だ。

二世議員である中渕裕子は四十代になって、そのスタイルや美貌に、ますます磨きがかかってきているようである。

同時に政治家としての見識も日に日に高まっている。

——しっかりお守りしなくてはならない。

警視庁警備九課一係、通称LSP（レディース・セキュリティ・ポリス）の涼子は、すぐに立ち上がり、ファーストクラス担当のCAに向かって親指を立てた。

一番先に降りたいという、意思表示だ。

「まだ眠いわ。あなたたち〈くノ一〉の人たちは本当にタフね」

裕子が化粧を直しはじめた。

警備九課一係は略して〈くノ一〉と呼ばれている。女性重要人物専用の警備警察官のことで、警視庁警備部において三年前に九課として独立した。

「女性の身は女性が守る」という大義を掲げ、メンバーはすべて女性で構成されている。

当初は三十名でスタート。一係しかなかったが、現在は総勢百名。四係に分かれている。

一係は政界担当。涼子はここに配属されている。

二係は各省庁の審議官以上、あるいはそれに準ずる役職の女性を担当する。事務次官ならばＬＳＰは二名が専属となる。

三係は宮内庁関係で、これはほとんど別動隊になっている。体力もさることながら、格別の品格や教養が求められる部隊だ。

四係は遊軍部隊で、海外要人が来日した際や、公人以外にも、警護が必要とされる特殊民間人を警護する場合である。ノーベル賞級の学者や国際的スポーツ選手などが、公式の場に立つときなどは、四係が受け持つ場合が多い。

「はい、私は体力だけが取り柄ですから……」

涼子は笑ってみせた。事実そう思っている。体育大学の体操学科卒業だが、最近は柔道の他に空手の特訓も受けている。霊長類最強の女を目指すつもりはないが、警備のスペシャリストとして、最強でありたいと考えている。

作戦立案はキャリアに任せればいい。現場は自分が守る。

ひとつ前の席で、荷物をまとめ終えた主任秘書の今村知乃《いまむらちの》がタブレットを開きながら、次のスケジュールを伝えてきた。

「まっすぐ赤坂の『武蔵屋《むさしや》』に向かうことにします。石坂《いしざか》先生がお待ちです」

早くも予定変更だった。

「うわぁ〜。青山に寄って、着替える暇もないのね」

石坂とは民自党《みんじとう》幹事長の石坂浩介《こうすけ》のことだ。六十三歳。当選十回を数える民自党の重鎮である。本来ならば、総理総裁になっていてもおかしくない立場だが、石坂は自分より若い現総理を支えることに徹しているように見える。

党幹部たちは、石坂浩介は、総理という名を捨て、党運営という「美味《おい》しい蜜」を吸うことに徹したのだ、と言っている。

それ以上のことは、涼子の立場では、詮索するべき問題ではない。

裕子は石坂派に所属している。入閣出来たのは、現総理に一本釣りされた形だが、石坂ともきちんと気脈を通じている。

石坂派はもともと中渕派と名乗っていた時代がある。そのときは裕子の父親、中渕英蔵《えいぞう》が領袖《りょうしゅう》であったのだ。

中渕英蔵は元大蔵大臣である。

その父親が十五年前に急逝して派閥は石坂が引き継いだ。裕子が初当選した年である。

中渕裕子は石坂を政界の後見人として、魑魅魍魎《ちみもうりょう》の世界である政界を泳いできたと言われている。

そして、いずれこの石坂から派閥の禅譲を受け、中渕派を復活させるのが裕子の狙いだ。日本初の女性総理の誕生はその時にやって来る。

それが警察庁上層部及び、霞《かすみ》が関《せき》の見解である。

一介の警備担当者として、涼子が知っている情報と言えば、その程度である。

警護員は対象であるＶＩＰと行動を共にするが、決して内情に深入りをしてはならないという鉄則があり、見たり聞いたりしてしまったことには守秘義務があった。

警護に必要な情報以外は関知しない。それが一番だ。

――私たちは秘書官ではない。

「幹事長に、選挙、どうにか勝てそうだって、メールしておいてくれた？」

大臣が秘書に聞いている。

一日中、北海道各地の参院選候補者応援のために飛び回って、やっと戻ってきたところだ。秘書は「もちろんです」と答え、通路を進みはじめた。

この秘書と涼子はウマが合っている。年齢は秘書の今村知乃の方が二歳上の三十歳。中渕裕子が商務大臣に抜擢された際に、政策秘書も兼ねて、民自党本部が差し向けてきた才媛だ。

才女にもかかわらず、彼女は気さくな人柄だった。そして学ぶべき点も多い。

頭脳明晰な知乃は常に合理性を最優先する。情緒に流されやすい涼子には、時として手本になった。

行動を共にするようになってから、商務大臣を守る役目は完全に二人三脚となった。中渕裕子の身柄は常に涼子が預かる形をとっている。暴漢に襲われた際の盾は常にLSPの役割だからである。その代り知乃は涼子の荷物なども運んでくれる。打ち合わせ場所の先乗りの際に、知乃は先方と警備体制の確認もしてくれるのだ。

涼子は目の前の中渕涼子だけに専念できた。

これまでの男性秘書よりも、はるかに呼吸が合った。

ボーイングの扉が開いた。

荷物を抱えた知乃が先に降りる。エコノミー席にいた男性の秘書やSPたち総勢六名も出口に向かってきた。彼らはエコノミーの最前列に着席していたのだ。

飛行機を降りた瞬間から集団警護に切り替わる。

涼子は商務大臣を席に座らせたまま、羽田で待ち受けているはずのLSP東山《ひがしやま》美菜《みな》が乗り込んでくるのを待った。美菜は涼子より二つ歳下で二十七歳。彼女とコンビを組むことが多かった。

出張先には涼子ひとりが付き、北海道警の警備課と合流したが、首都圏での警護にあたって、ＬＳＰは二名体制となる。

前後左右に位置を変えながら、中渕裕子を守るのだ。

小柄な美菜が入ってきた、黒スーツのスカートの前見頃が乱れている。一時間以上も前から羽田で待機していたはずだ。

——この女、待ち時間の間中、トイレでオナニーしていたに違い。

「秋川チーフ、お疲れ様です。一課の岡田《おかだ》チーフをはじめＳＳＰもロビーに待機しています」

美菜が意外なことを言った。

「なんでＳＳＰまで出てくるの」

ＳＳＰとは特殊警護警察官。スペシャル・セキュリティ・ポリスの略称だ。通常は総理大臣、衆参両院議長。最高裁裁判長、都知事、国賓《こくひん》にしかつかない。

「民自党から依頼があったそうです」

テロ情報か暗殺予告でも入ったに違いない。涼子は中渕裕子には気づかれないように、スカートを捲《まく》った。ストッキングを直すふりをしながら、ガータベルトに取り付けられたホルスターと拳銃を確認する。

たまたまそのしぐさを見ていたＣＡが、顔を引き攣《つ》らせた。美菜が口に手を当てて、黙らせる。航空会社には、搭乗時に届け出を済ませている。

商務大臣を集団で取り囲むようにして、機を降り、専用通路でロビーを抜けた。到着口を出たところに、黒塗りの大臣車が待機していた。トヨタの最高級車だ。

前後に同じ形と色をした車が一台ずつ止まっている。

今夜のフォーメーションは、先導車にSPたちが乗り込み、後方車に秘書官と商務省の事務官が乗ることになっている。

この順番は日ごと変わる。常に大臣車が中央とは限らない。同型車を三台同時に走らせ、順序も変えることで、大臣車を特定させないように用心しているのだ。

美菜が先に歩き、中央の黒塗りの扉を開けた。中渕裕子が乗り込む。涼子も続いた。助手席にはすでに今村知乃が座っている。扉を閉めた美菜が素早く、先導車の後部席に飛び込んだ。

涼子は左右前後を確認した。背後の事務方を乗せたセダンの真後ろに、白のワゴン車が止まっていた。助手席に警備一課に所属し、SSPの主任を務める岡田潤平《じゅんぺい》の顔が見える。相変わらず眼光が鋭い。SSPがワンパック（五名）で来ているのはただ事ではない。

「出発してください」

涼子が告げた。出発、停止、降車は、すべて涼子が合図をする仕組みになっている。これは秘書ではなく警備警察官の権限である。

——完全に守る。

それが涼子の任務なのだ。

三台のセダンと一台のワゴンが隊列を組んで、首都高速羽田線を都心に向けて走った。間に他車を割り込ませないのが、ドライバーのテクニックであった。見事な等間隔を作って、車列は進む。

「どのくらいで着くのかしら」

裕子がドライバーに聞いている。商務省車輛課の五十代の運転手だった。

「日曜日ですから……道は空《す》いています。三十分というところでしょうか」

「ありがとう、ちょうどいい時間だわ」

そう言って裕子がスカートを捲りあげた。ライムグリーンのジャケットによく似合う、白のフレアスカートだった。

いつものことだった。すぐに秘書が車載テレビのボリュームを上げた。大河ドラマが終わったあとで、ＮＨＫはニュースを流していた。

〈東京五輪誘致に関する不正送金疑惑に関して、ＪＯＣは第三者調査会を立ち上げま

した……〉

キャスターがそう言っている。

「参院選に影響が出ないといいけどね」

隣で裕子が言った。声が上擦《うわず》っている。

「なんか、変なことが出てきたら、楽勝ムードに水を差しますね」

前の席で知乃は答えている。ドライバーの表情を窺《うかが》っていた。ドライバーはルームミラーを覗くことなく、真っ直ぐ前を向いていた。

涼子は左サイドを走る車に目を光らせた。5ナンバーの大衆車が並行していたが、後部座席で男の子がぐっすり眠り込んでいる。ステアリングを握る父親らしき男は、まっすぐ前を向いている。恐らく何も問題ない。

「ぁあぁ……五輪がらみは面倒くさいわ……んっ、元首相やら、黒幕都議やら、民自党の旧世代がやたらと噛んでいて、手出しできないのよ……うっ」

会話をしながら、祐子が喜悦の声を漏らしていた。涼子は見ないように、ひたすら窓外に目を向けた。並走していた大衆車が台場あたりで降りたらしく、横には何もいなくなった。

芝浦の倉庫街が見えてきて、都心の灯《あか》りが迫ってくる。裕子の声は次第に高くなった。

——できれば、東京タワーが見える前に、昇天して欲しい。

涼子はそう願った。

多忙を極める女にとって、自慰《じい》は一瞬の快楽を与えてくれる麻薬のような存在だ。

常に笑顔を振りまき、女優やタレント以上にスキャンダルが厳禁で、ひたすら清廉潔白を装わなければならない女性政治家にとって、逃避できる行為は、確かに自慰ぐらいしかないだろう。

裕子はこの主任秘書である知乃と警備の涼子だけになると、必ず股間に指を這わす。移動中の車の中が多い。今日は帯広《おびひろ》で、道警のSPが同乗していたために、我慢していたはずだ。

——溜まっている。

それは涼子とて同様だった。緊張の連続の中で生きていると、不思議なことに食欲は減り、睡眠欲と性欲が旺盛になるのだ。

活躍する女性にとってオナニーは、唯一の性欲処理の方法である。

知乃が運転手に背を向けて、窓の方を向いた。ヘッドマットの隙間から彼女の横顔が見えた。眼を瞑って、舌なめずりをしている。

——この人も始めちゃった。

運転手がちらっとルームミラーに目をやった。涼子はあからさまに咳《せき》払いをした。

心の中で呟く……。

——見逃せ、おやじっ。

隣と前の席から、ぬちゃくちゃと、粘膜をこする指の音がする。涼子もやりたくて、やりたくて仕方がなくなったが、どうすることも出来なかった。

スカートを捲れば、ガータベルトの脇に拳銃が突っ込まれているのだ。

——暴発させたら、大変だ。

2

赤坂に到着した。料亭「武蔵屋」に上がる。中渕裕子は急ぎ足で座敷へ入っていった。秘書の知乃が同席するようだ。

幹事長担当のSPも来ているので、警備警察官は総勢二十名になっていた。

今回の場合は、指揮権は幹事長担当側の警備チームが取ることになった。

座敷の廊下に五人、障子に面した中庭にも別に五人が入り込んでいる。いずれも幹事長担当のSPたちだった。商務大臣担当の男性SPの三人が料亭の玄関前を受け持った。

「チーフ、廊下での立ち待ちは、私が受け持ちます」

旅の疲れを気遣《きづか》ってか、美菜が申し出てきた。これだけ多くのSPがいるときでも、女性警護対象者がいる場合は、必ずLSPがひとりつくことになっている。

会談時間は一時間。

ここは彼女に任せることにしよう。

一時的だが十五時間ぶりに任務が解ける。

涼子は料亭が用意してくれている詰め所に入った。廊下の隅にある十畳間ほどの部屋だ。入ると、数人の男性SPも待機していた。SSPもいる。車座になって湯呑の茶を飲んでいる部下たちをしり目に、チーフの岡田は隅の方で煙草《たばこ》を吸っていた。雪見窓を開けて、中庭に向かって煙を吐き出している。

「岡田先輩、ここは禁煙でしょう」

涼子は襖《ふすま》に向かったままスカートを捲りながら言った。

「だから、庭に向かって吐き出している。室内に煙は出していない」

理屈を捏《こ》ねている。

太腿に装着してあったホルダーを外す。肩の荷ではなく、腿の荷が下りた。拳銃を畳に置こうと、振り向くと、岡田がじっと涼子の腿を見ていた。スカートがきちんと下りていなかった。

「おまえ、いつから黒いパンティとか、ガータベルトを着けるようになった。前は白いパンティとナチュラルカラーのパンストだったじゃないか」

「し、失礼な」

車座になっていた、ＳＰたちも一斉に涼子の方を向いた。あわててスカートを下ろす。

最近になって涼子は庁内で柔道の他に空手の特訓を受けていた。オナニーでの逃避も時にはしているが、体育会系女子の涼子は、身体を猛烈に動かすことで、煩悩《ぼんのう》を振り払うことも出来た。

——美菜のように、一任務、一オナニーはしない。

その空手の教官のひとりが岡田潤平なのだ。道場での着替えに男も女もなかった。もちろん裸になるわけではない。上着から道着に着替えるだけだ。終わってからは、そのまま女子シャワーに行くので、何ら問題はない。

スポーツブラとパンスト姿を見られたぐらいで、どうこう騒ぐようでは、そもそも

ＬＳＰなど務まらない。

そもそも空手道場の隅で着替える涼子を、じろじろ見る男性警官などもいない。

そう思っていたのだが、実のところは、しっかり見られていた、ということらしい。

中庭で警戒に当たっていたＳＰが咳き込む音がした。

「ほら、岡田チーフ、受動喫煙した人が咽《むせ》ています」

涼子は岡田のそばに腰を下ろした。小柄だが様々な格闘技に精通している岡田を涼子は密かに尊敬していた。

五歳年上の独身でなかなかのイケメン。まったく心を惹《ひ》かれていないわけではない。アラサー女子で、現在カレシのいない涼子にとっては、気になる存在であった。

「チーフ、チーフと呼ぶな。おまえだって、チーフになっただろう」

「私の場合は性格が違います。対象者が平議員から大臣になったので、担当として箔《はく》付けするために、前任の明田《あけた》課長がそう呼ぶようにしただけです。正式な主任である岡田チーフとは違います」

警備九課は独立して三年になるが、課長以下の管理者はいない。一係から四係まで係長も存在しない。すべて課長の直轄である。ＬＳＰは各部門からの寄せ集めでスタートしており、階級はすべて巡査なのだ。

現在の内閣には女性閣僚は中渕裕子ひとりだけで、したがって、警護する担当者も少しは階級が上に見えるように、形式上チーフという呼び名を与えられている。正式な昇進試験を受けて警部補の階級にある岡田とはまったく立場が違った。

岡田がふたたび煙を吐き出し、黒スーツのポケットから携帯灰皿を取り出した。吸い殻をもみ消して仕舞う。

中庭から咳き込む音が聞こえた。今度は三人ぐらいが順番にしている。最後の人間は思い切り咽ていた。

「ダメじゃないですか。警護者の張り詰めた気持ちが散漫になってしまいます」

涼子が言うと、岡田が頭をかきながら、にやにや笑っていた。

「なんですか」

岡田は立ち上がった。部屋の中央で車座になっていたSPたちも、すぐに立ち上がった。

「えっ」

涼子もつられて立ち上がる。その瞬間、岡田にスカートを捲られた。黒のパンティがはっきり見えるほどの捲り方だった。真ん中が食い込んでいたので、とても恥ずかしかった。

「何するんですかっ」

涼子が右手を突き出した。岡田の肩を狙ったつもりだった。軽く握った拳骨だった。

岡田に簡単に摑まれた。温かくて、柔らかい手のひらだった。ぎゅっ、と握られる。

「すぐに、その無粋《ぶすい》なガータベルトを着けろ」

「はい？」

拳銃をホルダーに入れて取りつけろということらしい。

「最初の咳払いは、幹事長と大臣の会談は、早く終わりそうだというサインだ」

「？」

「大臣はあっさり受諾したようだ」

「なんですかそれ？」

「政治に首を突っ込まないのは行政官の常識だが、世間の噂ぐらいは、情報として把握しておけ」

岡田が握っていた手を離した。涼子はふらつきながら、すぐにスカートを捲りなおし、ガータベルトの上に拳銃を入れたホルダーを締めた。

ＳＰたちは詰め所を出て、すでに玄関を飛び出していた。

「二つ目の咳が、終了したサインで、三つ目のやや長い咳は、要警戒のサインだ」

「要警戒ですって」

「そうだ。長音の咳は、近くに不審者あり、という符牒《ふちょう》になっている。ただし、あの咳は、議事堂の前によくやって来る抗議活動者の類《たぐい》だと言っている。たいした相手ではない」

「なんですって」

涼子はまたスカートを捲らざるを得なかった。拳銃をセットする。

「おまえは、対象から離れるな。不審者は俺たちが防御する」

「いったい何者がやって来たのでしょう」

涼子は聞いた。

「知らん。捜査は公安課か捜査課の仕事だ。警備課は守備専だ。どんなことをしても守りきれ。それが任務だ」

岡田は詰め所を飛び出していった。仲居《なかい》が新たな茶を入れるためにポットを抱えてやって来たが、全員出て行ったので、驚いている。まだこの部屋に入って十分も経っていない。

涼子は廊下を走った。座敷の方へと進む。

すでに座敷から、石坂と裕子が並んで出てきている。身体を寄せ合いながら話している。親子というより、会社社長とその愛人に見える。

裕子の前を美菜が先導している。

「なら、会見は明後日にでもした方がいい……舛岡《ますおか》は明日辞任を表明する」

「わかりました。民自党本部でよろしいでしょうか」

「もちろんだ。都連には、いますぐ連絡を入れておく」

涼子はすぐに裕子の背後についた。歩きながら裕子が石坂に聞いている。

「党としての公約の腹案はすでに上がっているのでしょうか」

「いや、緊急のことだから出来ていない。総理とも相談したんだが、中渕君の好きなように言ってもらって構わないということだ。無所属出馬だ。したがって民自党を批判するのも手だよ」

「なるほど……短期戦ですから、とにかく世間の耳目《じもく》を集めたほうが勝ちですね。あえて、民自党の都連はブラックボックスだ、とでも言ってみましょうか」

裕子が軽く笑った。石坂も笑い声を立てている。

「大いに結構だ。それも選挙戦術だ。都連の幹事長には、あえて怒れっ、と言っておくよ」

「あとで揉めないように、調整はよろしくお願いいたします」

「わかった、わかった」

そんなことを言いながら、ふたりは玄関に着いていた。

凄いことになりそうだ。

涼子が焦りながら、大臣車に乗り込むと、課長からメールが届いた。

前任の明田真子《まこ》が五月の伊勢志摩サミットの終了と同時に広報課長に栄転し、そのあとを引き継いだ西園寺《さいおんじ》沙耶《さや》からだ。公安八課の出身だ。この人事は総監の直接人事であると、もっぱら噂されている。

公安八課は反社会的な宗教団体の監視が専門の課だ。西園寺はそこに八年在籍していた女性キャリアだが、警察庁の中枢に昇るための最後の関門として、警備九課の課長を任されたらしい。捜査ではなく守備の経験を積ませようということだ。

メールは手短だった。

【大臣が都知事選に出ます。選挙が終わるまで完全二十四時間体制でお願いします】

呆気《あつけ》ないほどに淡白な命令文だった。警視庁はやはりブラック企業だ。

車に乗ると、とくにその件に触れるでもなく、中渕裕子は、いつものように、すぐにスカートを捲った。一気にパンストもずり下ろしている。甘い性臭がした。気持ちが昂ぶっているようだ。

「おいっ、中渕っ。中国を舐めるなよっ」

車が発進しようとしたとき、後方で叫び声が飛び交った。カタコトの日本語だった。十人ぐらいが制服警官と揉み合っていた。

その中のひとりが警官の間を潜り抜けて車に近づいてきた。

中渕裕子の座っている側の扉を覗き込もうとしている。スモークガラス越しに三十代の男の顔が見えた。

「中国企業を舐めるなよ。アフリカや南米への日本のＯＤＡは、中国企業に対する妨害だ」

商務省への、この手の抗議は日常茶飯事だ。

「それに日本の免税ショップはインチキだ。業者にキックバックを払って、ツアー客に高価な買い物をさせている」

スモークガラスに痩せた中国人が顔を張り付つけてきた。

中渕裕子は平然と股間の皺肉に指を這わせていた。

中国人は目を剝いた。商務大臣のアソコを見たに違いない。絶句している。

「違う。この車じゃないっ。この車には変態が乗っている。ダミー車だ。くそ、バカにしやがって」

抗議の中国人は茫然としていた。そこを岡田にタックルされた。車はゆっくり発進した。

裕子は何事もなかったように、オナニーに没頭していた。ぬんちゃ、ずんちゅ、という卑猥な音がする。指で膣穴のあちこちを抉《えぐ》っているようだった。

「あぁ、私、ガラスの天井を打ち破るわ……」

そう言って、裕子が、がくんっ、と肩を震わせた。破ったのは膣の壁ではないのか。

あくる六月二十九日。中渕裕子は都知事選への立候補を表明した。あまりに早い表明に、民自党内部でのコンセンサスが取れていないという噂が走った。

どうやら、幹事長の思う壺《つぼ》となったようだ。

3

七月一日。すぐに選挙事務所が設けられた。

中渕裕子の衆議院議員としての地盤は群馬であるために、今回は石坂浩介幹事長の地盤を借りた。世田谷区の三軒茶屋《さんげんぢゃや》である。

涼子たち警備課員たちも、しばらくは桜田門や霞が関ではなく、ここに通うようになる。

三時間ほど前に先回りしてやって来た涼子は付近を点検して歩いた。咄嗟《とっさ》の場合の動線確保、不審者が入り込む余地などを、見て回った。

三軒茶屋は世田谷区なのに下町の雰囲気が漂う町だった。九十三年前の関東大震災の際に、浅草界隈の人たちが、移住場所にこの地を選んだために、下町文化が根付いたらしい。

そのぶん、町は雑然としていて、敵が潜むのに都合の良い場所はたくさんあった。

玉川通りと世田谷通りに挟まれた三角地帯に「エコー仲見世商店街」というのがあった。商店街というよりも戦後の闇市がそのまま残ったような地帯で、商店よりも飲み屋が多い。この中などは、小路が入り組んでいて、警備の観点から見ると、警護対象者には足を踏み入れてほしくない場所である。

選挙事務所はそのエコー仲見世商店街の近く、世田谷通り沿いに開設された。石坂浩介の支援者が持つ貸しビルの一階をそっくり貸してくれたらしい。

事務所にパイプ椅子や机がどんどん運び込まれた。必勝と書かれた垂れ幕や、片目だけが入った大型達磨《だるま》も壇上にセットされた。

ボランティアもすでに十五人ほど来ていて、搬入業者を手伝っている。

選挙開票の際にテレビで見る事務所より大きな感じがした。

「なにがなんでも、一か月後に、ここでバンザイ三唱しなきゃね」

秘書の今村知乃が、てきぱきとボランティアたちに指示をしていた。

「今回、地盤は石坂浩介と民自党東京都選出の国会議員や都議から借り受けるけど、鞄は地元からかついで来ているわ」

選挙は地盤《じばん》、看板《かんばん》、鞄《かばん》の「三バン」で勝負と言われている。

知乃の言う鞄とは選挙資金である。

「看板は、もう充分にあるんですから、勝算は充分ですよね」

涼子は聞いた。

「衆院選の小選挙区だったら、楽勝よ。だけど、都知事選はまったく読めないわ。東京は日本で最多の選挙民を抱える都市よ。基礎票なんて、ほとんど役に立たない。どれだけ浮動票を味方につけるかだわ」

知乃はスマホやタブレットを操作しながら、自分の居場所を着々と作り上げていた。机の上にパソコンが三台並べられている。まるで株のディーラーのデスクのようだ。

「ルーター、セットＯＫ」

三台のパソコンが立ち上がり始めた。これで様々な情報整理をするらしい。

知乃が実質的な選挙プロデューサーなのだ。

「中渕先生が戻ってきたら、しばらく奥で打ち合わせになるから、身辺警護はいったん中断していいですわ。外はSPさんたちが囲んでくれているし、この中は民自党のボランティアだけだから、問題ないから。奥の部屋でポスターの撮影とかもしちゃうから、涼子ちゃんたちは、先生が帰宅するまで、休んでいてちょうだい」

知乃が軽くウインクした。これはふたりきりで打ち合わせをしたいというサインだ。

LSPは対象者と密接な関係にあるが、それでも単なる警護担当者に過ぎない。政策や選挙の戦術に関して、聞いてはならないことも多々あるのだ。

また警察官は政治と距離を置く、という原則もある。

秘書の知乃とは、その辺の呼吸は「あ・うん」でやって来ている。

もうひとつ……女同士での性欲解消もあるに違いない。

「選挙になるとね、ハニトラも多いのよ。何も男性議員ばかりが狙われるとは限らなくてね……うちの先生、若い男に目がないし、選挙カーでオナニーされても困るしね。多少、無理やりでも抜いてあげなくちゃ」

知乃が鼻歌まじりで、そう言った。これは間違いなくレズる気だ。

中渕裕子は民自党本部に出陣のあいさつに出ていた。単純な移動だけなので、これには美菜がついていた。

ほぼ二十四時間体制の選挙戦がはじまったのだ。順番に休養を取らなければ、身が持たないかもしれない。

「ありがたくそうさせていただきます」

しばらくして、中渕裕子を乗せたワゴン車がやって来た。

「あらっ、立派に出来ているじゃないの。幹事長に感謝だわっ」

未来の都知事が颯爽《さっそう》と事務所入りしてきた。すぐに知乃に導かれて、奥の部屋へと入っていった。歩きながらスカートの脇ファスナーを下ろしている。

——まず、やるんだ。

簡単な間仕切りで作った小部屋から、衣服の擦れる音がした。

涼子が振り向くと、ワゴン車からの荷物を運んできた美菜が、にっこり笑っている。

「いったん休憩ですよね。チーフ、マッサージに行きませんか……来るときに、あっちの通りに昨日開店したばかりというマッサージ店を見つけました。オープン割引で、六十分、二千八百円だそうです。どうです、よくないですか……」

首と肩を動かして「私、凝《こ》っています」とアピールしている。

「それ、安いわ……行こうっ」

ふたりで通りを渡った。キャロットタワーの中を抜け、太子堂商店側へ向かう。

雑居ビルの三階にその店はオープンしていた。

中国古式マッサージ「上海プレス」。

洒落《しゃれ》た内装の店だった。すぐに店員が出てくる。ジャージを着た三十歳ぐらいの男だった
「ようこそ。今の時間でしたら、おふたり同時に出来ますよ」

愛想がよかった。名刺を渡された。田中正明《たなかまさあき》。

「あ、日本人なんですね……」

美菜が笑った。

「はい、すみません。例えば英国式リフレクソロジーとかいっても、経営しているのは日本人ですから……うちも同じようなものです」

「そうだわよねぇ」

美菜はイケメンの男なら、どこの国の男でもOKな女だ。田中正明にやたらと反応していた。

「では、そちら声をかけてください」

美菜が先に促された。涼子は待たされた。美菜が着替える音がする。「ハーイできました」という声。その部屋に、すぐに別な人間が入った。中年のオッサンだった。「えっ」と美菜の落胆の声がする。人生そういうものだ。「お客さん、困ります。ちゃんと着てから声をかけてください」と中年のオッサンの声。

――あの女、乳首出しか、パンツ見せしたに違いない。ばーか。

「お客様はこちらへ」

涼子は美菜が入った部屋とは一個室開けた端の部屋に通された。着替え終えてベッドに寝そべると、田中正明本人が入っていた。

「では指技《しぎ》させていただきます。うつ伏せになってください」

「はいっ」

身体をひっくり返した。

「指技って言うんだ……」

ジャージを着た際に、ブラジャーも外したので、うつ伏せになると、バストがぺしゃんこになった。二十九歳にもなると、一度へこんだら、もう戻らなくなるのはないかという恐怖感を持つ。まぁ、どうでもよいことだ。

「はい、僕らの流派ではマッサージ師とか指圧師とも言いません。指師と言っています」

「へぇ〜」

肩を押された。いい。首と背中に向かってビリビリと刺激が走った。痛いが気持ちいい。

「相当、凝っていますね……」

指が丁寧に肩を押す。ゆっくり、ゆっくり、首に向かっていく。

「目と頭、相当張っています」

「仰《おっしゃ》る通りで……」

涎《よだれ》が垂れそうになった。肩を一押しされているだけなのに、その快感が、背中を伝い、尻を這い、ふくらはぎにまで到達してくる。

警備警察官という緊張を強いられる仕事がら、涼子はマッサージ店にはよく足を運ぶ。常に身体を解《ほぐ》しておく必要があるからだ。その経験の中でも、この指師はアタリだった。これほど、患部を素早く見つけ、丁寧に、しかし深く押してくれるマッサージ師とはかつて出会ったことがない。

「目のツボ押しますね」

首とやや上、髪の毛の襟足《えりあし》のあたりに親指が埋まってくる。

「あぁ」

涼子は違う局面に上げるような声を発した。マッサージ店で出したことのない声だった。

「お寛《くつろ》ぎください」

田中はそう言って、左右の目のツボを押すと、続いて、耳朶《みみたぶ》の裏側を押してきた。ほかのマッサージ師にもやってもらうことがあるポイントだが、ここは痛みは覚えても、いったいどこの張りが取れるのか、わからない部分だった。

「あふっ……」

またもや呻《うめ》いてしまった。耳の裏を押されたのに、乳首が反応してしまった。ピリピリと快感が襲ってくる。

──中国古式指圧って、凄い。

しばらくそこを押されているうちに、うっとりとなってしまった。眠い。だけど体中がむず痒《がゆ》い。エッチ臭い痒さだ。

「頭のてっぺん押しますね。ここは最大のツボですから。これでかなりすっきりするはずです」

田中が正面に回ってきて、左右の親指を頭頂部にあてがった。しばらくは動かさない。じわじわと温かさが伝わってきた。

——えっ。

股間の肉芽がざわめき立った。田中は頭に指を置いているだけなのに。

「名付けて尖核《せんかく》突きです」

——なんだそれ。あぁっ……昇《い》くかも……。

次に田中が脳天を押してきた。クリトリスを優しく揉むような押し方だった。くいっ、くいっ、と両方の親指を動かしている。

涼子は狂乱した。

自然と体が動き、ベッドの上にバストと恥骨のある土手を密着させ、擦りまくった。

ふたつ向こう側の個室から美菜の声が聞こえてきた。

恍惚《こうこつ》の声だった。

涼子は必死で、声を殺した。顔の下に置かれたタオルに口を押し付け、堪えた。それでも背中と尻の痙攣《けいれん》は止めようがなかった。

田中の指が背中に舞い降りてきたときには、もう舌で舐められているような快感だった。その指がとうとう臀部にやって来た。

——割れ目の谷底を揉んでっ。

思わずそう叫びたくなっていた。

――どうせ、しわくちゃな場所なんだから、伸ばしてっ。

能動的に尻を振った。

「お尻に関しては、指押しではなく、手のひら揉みになります」

田中がそう言って、左右の尻のほっぺたに、手のひらをあてがってきた。そこだけお湯に浸かったように温かくなった。

「では……」

と田中が、クリームでも塗り込むような手つきで尻を揉んで来た。左右の手をシンクロさせて、尻たぼを回転させている。

「くわぁ～」

完全に昇天した。陰部になど、まったく触られていない。だが……尻たぼを揉まれていると、谷底の粘膜地帯がごく自然に引き攣れ、肉の表襞が突起を、不規則に刺激してくるのだ。あっという間の出来事だった。

その後も何回も昇らされた。

「終了です。少しは疲れが取れましたでしょうか」

頭上で田中の声がした。仰向けにされることがなかったのが幸いだった。もし上を向いて、腰骨のあたりでも刺激されたら、たぶん自分から抱き付いていただろう。

「それではゆっくりお着替えください」

指師が出て行った。当たりまえの行動だが、それがとても紳士的なことのように思えた。

起き上がると、ジャージの生地を乳首が押し上げていた。ショーツはぐっしょりだった。

部屋を出て、会計のためにカウンターに向うと、美菜が虚《うつ》ろな視線で立っていた。ふらふらしている。だが顔色はとてもいい。

癖になりそうな指圧店だ。

自分たちの報告を聞いて、翌日から続々と選挙事務所の関係者たちが上海プレスに通うにようになった。男性スタッフは疲労が回復したと言い、女性スタッフは、ほんのり頬を染めて帰ってくる。

三日後、中渕裕子の超セクシーなミニスカート姿のポスターが完成し、公約の掲げられたチラシも大量に届いた。ボランティアが都議や区議の支援者に電話をかけまくり、中渕裕子は、民自党を支持する業界団体に組織票の依頼に飛びまわっている。

涼子と美菜は三軒茶屋のビジネスホテルを宿舎にして、臨戦態勢となった。

七月十四日、告示がなされ、ついに熱戦の火ぶたが切って落とされた。

4

選挙戦は第一期を終了して第二期に入っていた。つまり二週間の選挙期間の後週に入ったということだ。マスコミの予測は、告示からここまで中渕裕子の優勢は変わらないと伝えている。

七月二十五日。夕刻の青山通り。

「都民のみなさまぁ。中渕裕子でございます。このたび東京都知事に立候補いたしました。どうぞよろしくお願いいたします」

スピーカーから流れる声に合わせて、中渕裕子がワゴン車の窓から身を乗り出して、歩道を歩く人々に手を振っている。

「先生、落ちないで……」

上半身のほとんどを出しているので、脇に座る涼子は、中渕の腰を、しっかりと押さえてやらねばならなかった。

涼子の目の前で、大きな尻が、ぶるん、ぶるん、と揺れている。

選挙戦に入って、彼女はいつもより短いスカートを穿くようになった。シンボルカラーはピンクと決めていて、当然スーツもピンクを中心に着ている。

「先生、それ以上せり出すと、危険です」

涼子は尻に顔を付けるようにして、中渕裕子のウエストを抱きかかえた。彼女の巨尻に顔が埋まってしまいそうだ。

「大丈夫。まもなく、青山学院だわ。新たな票田よ。しっかり押さえていてちょうだいね」

中渕裕子がさらに車窓から身を乗り出す。ピンクのミニスカートのセンターベンツが捲れ上がった。内側からパンティが爆《は》ぜた。シルキーピンクのタンガだった。見たいわけではないが、もろ見えだから仕方がない。ピンクのパンティはかなり股間に食い込んでいた。どうでもいいが、都知事が穿くパンツとは思えない。

「青山学院のみなさまぁ。選挙権は必ず行使してくださーい。若い皆様の一票で、都政が変わります。中渕、中渕裕子です」

この声の主は秘書の今村知乃だ。選挙となればウグイス嬢も兼任するらしい。

知乃は、小難しい公約系は一切言わない。ただただ歩く人の服を褒めたり、商店の名前を呼んだりするのだ。不思議なことに、そうするとたいがいの人が、選挙カーの方を向いた。すると中渕裕子が笑顔で手を振っている顔と目が合うという仕組みである。

青山学院大学の正門前のほうから声援が沸きあがった。

二十人ほどの男子学生が、物珍しそうに選挙カーを見上げ、

「中渕さーんだぁ」

「俺、テレビで見たことあるっ」

と叫んでいる。芸能人を発見したような騒ぎだ。そこで中渕裕子に頼まれた。

「秋川さん、ちょっと私のアソコ、押して」

「はいっ？」

涼子は戸惑った。

「いまなんと？」

「若い男の子たちに、私の最高にセクシーな顔を見せたいのよ。穴でもマメもいいから、ぶちゅっ、と押して」

――おいおい、なんだそれ……。

それでも頷くしかなかった。やけくそだった。

中渕裕子のタイトスカートからあふれ出ている臀部の谷底に、指を這わせた。

「人差し指でいいですか？」

いちおう確認する。警察官の基本は確認業務だ。

中渕裕子のパンティクロッチの中央で筋がヒクヒクと浮いたり沈んだりしている。

「親指がいい……」

やはり確認してよかった。この期《ご》に及んで中渕裕子は、そうのたまわった。

車は間もなく青山学院の正門前へと差しかかる。

マメとか穴とか考えている間はなかった。なかば破れかぶれである。涼子は、勘に任せて、親指で、ぐぃっ、と未来の都知事のパンティクロッチを押した。

「あぁっ」

未来の都知事が呻いた。

涼子の親指に、ぽちっ、と突起が当たる感触がした。マメの方を押していた。えぇい。それを押しつぶしてやった。

「はぁ～ん。みんな大好きぃ。投票してくださいねぇ～」

中渕裕子の声が一段とセクシーになる。凄い。これこそが政治家だ。

「うわぁ～、大臣、色っぽい」

若い男の子たちが、一斉に歩道を走りだし、選挙カーに手を振りだした。

助手席の今村知乃が振り向き、マイクを手で覆《おお》いながら、涼子に語りかけてきた。マイクを覆う手つきが、いやらしく上下している。

「秋川さん、もっと、押してやってください。私が、名前を連呼するたびに、ぶちゅ、ぶちゅ、と押してあげてください」

「わかりました……」

涼子は親指の腹に力を込めて、中渕裕子の女陰を押した。指圧するように、ずい、ずい、と押した。パンティの生地がめり込み、親指が淫穴に嵌《は》まり込んだ。

ぬぽっ。

「あぁあああ」

中渕裕子が歓喜の声をあげ、その声を隠すようにスピーカーから連呼が始まった。

「中渕裕子でございます」

「あっ」

「どうぞ、一票を。中渕裕子ですっ」

「あぁああ〜」

「中渕……」

「あぁ」

「中渕っ、中渕っ」

「あっ、あっ、あっ」

「中渕裕子に一票をっ」

秘書の呼びかけに合わせて、涼子は必死に、中渕裕子の膣を押した。穴はトロトロに溶けていた。

「俺、絶対に中渕裕子に入れるっ」

ひとりの男の子が叫んでいた。これは一種のサブリミナル効果だ。

「秋川さん、もういいわよ。この坂は歩道と近すぎて、見られちゃうから」

秘書の知乃に諫《いさ》められた。ワゴン車はすでに宮益坂《みやますざか》を下ろうとしていた。慌てて指を引いた。

「あぁ〜、もうぐちゃぐちゃ……っていうか、私、いっちゃったかもしれない」

中渕裕子がぐったりとした顔で、シートに腰を下ろした。

「先生、そのエロ顔、演説するにはちょうどいいです。陽《ひ》も落ちてきましたし、聴衆の気持ちをぐっと引き付けると思います」

「そりゃ秋川さんに、感謝だわね。ズボズボされちゃったから……」

「すみません。つい夢中になってしまいました。私の仕事は大臣をお守りすることなのに、なんということを……」

ワゴン車はゆっくり宮益坂を下っていく。

明治通りを渡り、駅前に到着したら、いよいよ今日五回目の「お立ち台」が待っている。

涼子は気持ちを切り替えて、先回りしている東山美菜に電話を入れた。

「あと、五分というところかしらね」

おおよその見当で伝えた。

「私と岡田チーフは、すでに選挙カーの壇上に上がっていますから。チーフは大臣を送りだしたら、聴衆の中に入ってください」

「わかったわ。注意すべき情報はある？」

明治通りを越えると、左手に民自党の名前を隠した大型選挙カーが見えてきた。保守系無所属の候補を裏から支える際に使う選挙カーだ。陸運局にナンバーを照会しても、持ち主は民自党とは出ない。支持者個人の登録だ。このへんが民自党の裾野の広さだ。

「黒いスーツを着たやたら目つきの悪い連中が、聴衆にまじっています」

美菜の声には緊張感が漲っていた。

「マルボウ系？」

涼子は聞いた。場合によっては渋谷署の組対課（組織犯罪対策課）と連携を取らねばならない。

「それが二種類いるんです。マルボウ系に見えるのと、もっと眼光が鋭い集団というか……」

美菜が表現に困っている様子だった。

涼子にはあらかた想像がついた。「目つきが悪い」と「目つきが鋭い」では、タイプが違う。

前者は素人《しろうと》への威嚇《いかく》が目的のマルボウの表部隊系。

後者はおのずと眼に本性が出る警察の同業者か強行犯系、これは同じマルボウでも裏の工作員であることが多い。あるいは左の過激派だ。

ただし、美菜の目から見てもあからさまだということは、たとえ後者であっても、この場でいきなり仕掛けてくる可能性は低い。そちら側の一派も今日のところは威嚇が目的だろう。いずれにしても慎重に対応しなければならない。涼子も神経を研ぎ澄ませた。

「わかった。聴衆の間に投入されているＳＰも把握しているんでしょう」

「もちろんです」

「ＯＫ、全体監視は男性ＳＰに任せて、私とあなたは先生だけをカバーよ。私は下から、あなたは背後で。いつも通りにね」

毎日確認し合っていることを、涼子は重ねて確認した。生命のかかった仕事だ。確認ほど大切な業務はない。

――今日も何ごともないことを祈る。

涼子は電話を切った。いよいよ大型選挙カーが見えてきた。

その車を確認しながら、中渕裕子は、スカートを捲りパンティを下ろしていた。ゆるゆると膝から抜いている。

ノーパンでお立ち台に上がる気だ。気持ちが引き締まるのだそうだ。政治家の心境は計り知れない。

「保守と右翼の違いを強調してください」

助手席の今村知乃が伝えていた。

「ここはそれね」

パンティを脱ぎ終えた中渕裕子が答えた。

その日、その場面ごとで、中渕裕子は訴求ポイントを絞っている。実はそのポイントを伝えているのが秘書の知乃だった。

最大のライバルである日本党は独自候補者を見送っている。前知事の辞任が急すぎて、擁立が間に合わなかったのだ。

これで革新系の統一候補は実現していない。

おかげで対抗馬らしき候補者はほとんどいない状態だった。

極端な右と左の両サイドからの候補者だ。

共生党から富井建夫《とみいたけお》。

六十五歳の弁護士だ。原発ゼロや国鉄の復活などと訴えている。

もうひとりは東京偉人会の坂下竜馬《さかしたりようま》。

こちらは東京という名を江戸に改めると拳を振り上げていた。東の京都では、京都に対して格落ちだというのが持論だ。さらには、尖閣諸島は武力で守ると、めちゃくちゃだ。

たぶんふたりとも無理だと思う。

ただし、坂下竜馬はその政策には大いに疑問がありながらも、人気だけはある。日銀総裁がいくら力説しても回復しない景気と、不穏な中国の動きに、国民や都民は、カンフル剤を求めているのだ。

『こんな時代だからこそ、民族主義が台頭する。ヘタな大衆迎合は命取りになる』

中渕裕子の師である幹事長石坂浩介が、出陣の日の応援演説で、党員たちに、そう訴えていた。民自党の現政権は財界寄りの新保守を標榜《ひょうぼう》しているが、国粋主義とは一線を画している。

「坂下の人気にそろそろ冷や水を掛けておかなくてはなりません」

空気を読むのに長《た》けた知乃が、そうアドバイスをした。

「右と左の両方から攻め込まれているけど、今日は右潰し、ということね」

「それでお願いします」

午後五時を少し回った頃、ワゴン車は渋谷駅ハチ公前広場へと到着した。

ピンクのポロシャツを着たボランティアたちがすぐに駆け寄ってくる。厳密には、ボランティアの格好をしたSPたちであった。

「中渕候補こちらへ」

SPと共にやってきた中年の都議が手を差し伸べている。

――誰がこの女がノーパンだと知ろう。

中渕裕子が選挙カーのルーフステージへと上がったところで、拍手と歓声が鳴り響いた。ステージ上で待機していた東山美菜がすぐに中渕裕子の背後に立った。

「上は頼むわね」

涼子は選挙カーを降りて、聴衆の中に混じった。警備で最も難しいのは、いまのように一般大衆の前に、重要人物を晒《さら》しているときだ。

涼子はあえて黒のパンツスーツ姿で、インカムを付けたまま、聴衆の中に入った。威嚇業務だ。

いかにもSPらしい格好で立つことによって、ボランティアに混じった隠れSPを目立たなくさせる効果もある。そのぶん、自分が的にもかけられる可能性も強いのだが……。

涼子は気合を入れ直して、あたりの聴衆に目を光らせた。

5

ハチ公前広場には聴衆が溢れていた。正確に言えば、夕方五時に人が溢れている場所に選挙カーを横付けしただけだが、それでも人々は中渕裕子に注目した。著名人の強みである。

涼子は一般の人々に混じって、選挙カーを見上げている二組の物騒な連中を探した。

一組はすぐに見つかった。

その集団はいまどき珍しいほど、わかりやすい格好をしていた。全員がスキンヘッド。ワイシャツの首の付け根のあたりから刺青《いれずみ》が覗いている。

分類上「目つきの悪い男たち」だ。聴衆の最先端、大型選挙カーに最も近い位置に陣取っていた。男たちは候補者を見上げながらも、時おり背後を振り向く。極悪非道そのものの顔つきだった。おそらく右翼の下支えをしている暴力団だ。威嚇部隊なのだ。こういう連中は自分たちが、闊歩《かっぽ》するだけで、人が避けることを知っている。いままさにその効果を、いかんなく発揮しようとしていた。

事実、彼らの周りには、ぽっかりと空洞ができている。選挙カーの最前列が乗っ取られているようなものだった。

その暴力団らしい集団の中央に、見たことのある人物がいた。涼子は目を凝らした。

三軒茶屋のマッサージ店の指師だった。

——田中さん？

たまたま渋谷に出かけてきた指師が、中渕裕子の垂れ幕が掲げられた選挙カーに出くわして、自分の店と選挙事務所が近所のこともあって、眺めているのであろう。

本人はヤクザに囲まれていることに気が付いていないようだった。

涼子は十人ほどの目つきの悪い男たちを注視した。

いかにも本職の顔つきで、周囲の人間たちを睨《にら》みつけている。「演説を聞くな、立ち去れ」と言っている眼だ。

しかし、こちらもプロのＬＳＰの観点で考えれば、暴力が本職ということは、一般人にはむやみに手を出さないということである。

——無心に候補者を眺めている田中さんに、手出しはしないわ。

涼子は視線を別な方向に向けた。選挙カーを取り巻く聴衆の最後列から、厳しい視線を放っている集団がいた。やはり十人ぐらい、いる。

分類上「目つきの鋭い男たち」だ。涼子が目を向けると、いきなりカメラを向けてきた。不気味な集団だった。

最も危険なタイプだが、ＳＰも彼らには気を配っているはずである。自分は選挙カーの上の中渕裕子に集中することにした。

「いい女だよな……総理が未来の日本のリーダーとして見込んでいるだけはある。しっかりした顔つきだ」

「まずは東京のリーダーで経験を積んで、国政に戻るということだろうな」

そばにいた中年サラリーマンたちが話していた。

うまい具合にパブリックイメージが作り上げられていた。

まさに民自党の狙い通りだ。

中渕裕子が性欲旺盛で、国会議事堂の中でも、オナニーやセックスをやりまくっている女だということを、誰も知らないのだ。

「東京オリンピックにまつわる、不正送金の徹底解明をやります」

中渕裕子は語気を強めて、拳を空に向かって突き上げた。聴衆から歓声があがる。ほとんどが民自党の隠れ運動員だが演出効果はいっそう上がった。

最前列のスキンヘッドに刺青の集団だけが、野次を飛ばしていた。

「そんなことはもういい。いまさら追及して、どうする」

そんなことを言っている。

「築地市場の豊洲《とよす》移転を見直します」

これも都連との出来レースだ。

当選したら、一度は白紙にして、半年ほど揉めて、結果、ほんのわずかな計画変更で、折り合いをつけることになっている。聴衆からは若干の拍手があがっていたが、最前列からの野次はさらに強まった。

「何を言っているんだ。早く、オリンピック道路を通せっ」

中渕裕子は一切を無視していた。そのレベルのことでは、すでに何百通という脅迫状を受け取っていた。

「都の遊休地に保育所と老人ホームを増設します」

野次を蹴散らすほどの、大きな歓声があがった。最前列の男たちの、これは野次らなかった。

涼子はなるほどと思った。これは福祉に名を借りた箱モノ行政だからだ。

若干、豊洲の計画変更で、譲ることになっている建築業者が、穴埋めにこの工事をもらうことになっている。上手《うま》くできた構図だった。

中渕裕子は民自党の戦略を、無所属でしかもアンチ民自党を装って、実現しようとしているだけだ。

もっともそれを知っていても守秘義務を課せられているのが警察官だ。

涼子は期日前投票をすでに済ませていたが、投票用紙には「雪平夏見《ゆきひらなつみ》」と書いた。憧れの刑事ドラマ『アンフェア』の主人公の名前だ。

警察官として、政治的中立を守ったつもりだ。

「行き過ぎた大衆迎合を私はしません。英国のＥＵ離脱をめぐる国民投票は失敗だったかもしれません。どうかみなさん、都知事選は人気投票ではありません。ストレス発散で、気分のいいことだけを言う人に、投票しないでください」

中渕裕子が坂下人気にくぎを刺している。

「あまり調子に乗らない方がいいな。あいつが中国嫌いなのは知っている。都の遊休地だって、中国企業に貸し出すはずだったじゃないか」

少しイントネーションの違う日本語が聞こえてきた。

「あの女、昨日は銀座で、中国人の爆買いツアーに、一定の秩序を持たせる規約を作ると言っていた。それじゃ観光業圧迫じゃないかよ」

誰かが涼子の背中でそう言っている。数人の男たちのようだった。声の調子が荒っぽい。

爆買いツアーの規制は中渕裕子の持論だった。これは党の戦略とはまったく関係がない。育ちの良い裕子としては、ブランド品や宝石を鷲掴《わしづか》みにして買っていく下品な中国人客が気に入らないのだ。

商務大臣をしていた頃から、中国企業のロビイストたちの陳情にうんざりしていたこともある。

ひょっとして、あの背後にいた連中か。だとすればこれは中国系の政界工作員か？

振り向こうかどうか迷った。そのとき、男の声がした。

「おいっ、そこの女、中渕裕子に伝えておけ。おまえが知事になっても、俺たちは目を光らせている。ヘタな政策を打ったら、いつでも命を狙ってやるからな」

ひとりの男がはっきりそう言った。明らかな恐喝だった。これは顔を見ておいた方がいい。たとえ自分の顔を把握されるリスクがあっても、見ておくべきだ。涼子はそう思った。

振り返ろうとした。その瞬間に、尻に冷たい感触が走った。

――えっ？

パンツの尻の割れ目にナイフが当たっていた。スッパリと切られている。

「俺たちが、本気だということだ」

しゅっ、とナイフの刃先が下から上へと走った。素人のような単純な突きではなかった。刃先を逆さに持ち、切り上げてきている、
涼子としても、うっかり手では払えないやり方だった。

涼子は男の手首を取ろうとしたが、ナイフはすぐに仙骨《せんこつ》のあたりまで上がってきている。ベルトレスであった。あと一センチ切られたら、スーツパンツが左右に割れる。

「動いたら、ケツが丸見えになるぞ」

さらに男は刃先をパンティにも向けてきた。スッ、と切られる。

——いやっ。

男を捉えようというLSPの任務よりも、女の羞恥心の方が先走ってしまった。

ナイフはスーツパンツだけではなく、その内側の、パンティをも真っぷたつに分けていた。見事な刃と腕前だった。

「割れ目が丸見えだ」

事実スースーと風が当たるのがわかった。

カシャ、カシャ、とシャッターのような音がした。振り向けない。恐怖ではない。

これも羞恥だ。

——動いたら、きっと尻の割れ目を衆目《しゅうもく》にさらす。

涼子には、切り筋を入れられた感触で、見当がついていた。動いたら、黒いパンツから、満月のような臀部が飛び出してしまうこと必至だ。

「女、慌てて屈まない方がいいぞ。屈んだら、尻の穴だけじゃなくて、アソコの割れ目がぱっくり、飛び出るぞ。いいか、じっとしていろ。そのまま直立不動でいろ。足を一歩動かすごとに、尻が溢れ出てくることになる。破れ目が、それ以上広がらないうちに助けを呼べ。せいぜいタオルでも巻いてから動くんだ」

男に耳元で囁かれた。涼子は顎を引いて答えた。

「いいな。これは警告だ。俺たちの武器はナイフだけじゃない……三分は動くな。動いたら、今度は尻を丸くくり抜くぞ」

おそらく男は本気だろう。ここまでのナイフ捌《さば》きも冷静だ。少しでも抵抗したら、間違いなく、下半身全部を、衆目に露出させるつもりだ。

涼子は自分の尻が羞恥で泡立つのを感じた。

――そんな姿を大勢の人に見られたくないっ。

男たちが後退していくのがわかった。

涼子はなすすべもなく、暴漢たちが去るのを待った。実際に三分経過したのを確認して、すぐにスマホを手に取った。

周囲には聴衆がいる。しゃべることは憚《はばか》られた。美菜にメールを打った。

【動けない。誰か人を寄越して】

周りに配置されているSPに知らせて、タオルか布を貸してくれればいい。

そのまま選挙カーの上の美菜を見守った
中渕裕子の背後に控えている美菜が、さりげなくスマホを確認している。すぐに視線を涼子に向けてきた。

涼子は額の汗を拭《ぬぐ》った。拭いながら人差し指を一本立てる。

【危険状態。動けない】

のサインだ。同時に、背中を指をさす。振り向いて見せたかったが、それだけで、スーツパンツの腰部が解けて、尻が漏れそうだった。

美菜の顔が青ざめた。傍《かたわ》らにいるSSPの岡田潤平に耳打ちしている。その間も中渕裕子は聴衆にアピールしている。

「私、別荘なんか持っていません。だから公用車でそんなところに行くことなんかありません。それに、家族旅行のホテル代を経費計上したりしません。東京都知事たるもの、そんなせこい疑惑では恥ずかしすぎます」

どっと沸いた。前知事の舛岡はそれで退任したのだ。その前の知事は五千万円の不透明な政治資金授受の疑いで辞めたが、それと比べても、遥かにせこい疑惑だった。

岡田が美菜から少し離れ、刑事電話《ポリスモード》を握っていた。すぐに話し終わって、美菜に指を立てている。今度は美菜が演説中の中渕裕子になにか囁いた。裕子が頷く。

「みなさん、私から、お願いがあります。どうか私を支持してくださるという方は、今日から意思表示をしてください」

いきなり予定外のスピーチを始めた。涼子のために時間稼ぎをはじめたのだ。

申し訳なさすぎる。

「私を、もし支持していただけますのでしたら、みなさんも明日から、なにかひとつ、ピンク色の物を身につけて来てほしいんです」

唐突に中渕裕子はそんな提案をした。唐突だったので、逆に聴衆は注目した。

「ほら、ご覧のように、私はピンク色をイメージカラーとして使っています。エッチな意味でのピンクじゃないですよ……ま、それでもいいか……」

またまた聴衆がどっと沸いた。アドリブで言っているのだが、さすがにトークの間合いがうまい。

「日本の日の丸、白地に赤ですよねぇ。私、それを合わせた色にしたんです。白と赤の融合。ピンクですよね……あっ、ワインだったら、ロゼですね」

思いつきのくせにさすがだ。

「Tシャツでもハンカチでもリボンでも、なんでもいいんです。ピンクの一品をもって、集まりましょう。その色が東京中に広がったら、私、きっと当選します。お願いします。ピンクのパワーでガラスの天井を打ち破りましょう」

中渕裕子が空に拳を突き上げて、軽く飛び上がった。ミニスカートの前裾から、股間が見えた。西に傾いた夕日が逆光となって、肝心な部分を隠している。

聴衆は一気に熱気を帯びてきた。まさに中渕マジックだった。

すでに自分の持ち物の中からピンク色の小物を探し出し、選挙カーに向かって翳《かざ》している人たちも何十人といた。まるでアイドルのコンサートだ。

涼子も中渕裕子の警備担当者として、ピンクのハンカチを持っていたが、いま振るわけにはいかなかった。軽く爪先を上げただけでも、ビリビリと裂け目が拡《ひろ》がって、ナマ尻が全開しそうなのだ。

そのときだった。背中で声がした。

「秋川刑事。爆処理班、到着しました。振り向かず、そのまま我々に身を預けてくれ。我々は平服に見えるが、防爆繊維のスーツを着用している。問題ない」

と、背中で声がした。小さな声だった。

——爆処理班?

涼子は慌てて、手を後ろに回して横に振った。美菜はいったいどんな勘違いをしたのだ。

「えっ、バクを仕掛けられて、動けないんじゃないのか?」

ひとりが前方に回ってきた。四十代の角刈りの男だ。周囲に気づかれないように、警察手帳を見せられた。主任のようだった。いかつい顔の男だ。常に仕事に生き死を賭けている男特有の鋭い視線で、涼子は顔全体を射貫かれた。

——まいった。これは言いにくい。

涼子は選挙カーの上の美菜と岡田を睨んだ。ふたりとも、口をポカンとあけている。

「あの……スーツの臀部をナイフで切られて、動くと、全部見えそうなんです」

正直に答えるしかなかった。顔から火が出るほど恥ずかしかった。

爆発物処理班のチーフが一瞬唖然とした後、ほんの少しだけ笑ったように見えた。

「保護する。我々が囲むから、自力歩行したまえ」

いきなり五人ほどのスーツ姿の男たちに囲まれた。自力走行は当然だ。パンツの中から尻が見えそうな以外に、危惧《きぐ》は何ひとつないのだ。

「こんなことで、緊急出動をさせてしまって、本当に申し訳ありません」

涼子は尻に手をあてがいながら歩きだした。一歩、脚を踏み出すだけで、尻たぼが振動し、びりっ、びりっ、と破れが拡大していった。恫喝者《どうかつ》の言う通りの事態になった。

「いや、無事が何よりだ。俺たちも、仕事が楽でいい」

真後ろに回ってくれた爆発物処理班の主任が、そう言ってくれた。返す言葉もなかった。

「しかし、秋川刑事。都知事候補のＬＳＰともなると、パンツの色まで、対象者に気を使わんとならんのかね」

「はい？」

「いや、ピンクのパンティだから……」

あと二十歩ほどで、ワゴンだった。涼子はそれまで、必死に歯を食いしばるしかなかった。

涼子の身の安全を確認した中渕裕子が、締めの言葉に変えていた。

「では明日から、みなさん、ピンクですよ、ピンクっ。東京をピンク一色に染めましょう。そして私を都庁に送り込んでください」

聴衆は「ピンク、ピンク……」と連呼を始めていた。

6

「最悪だったようですね」

桜田門に戻るなり課長の西園寺沙耶に呼び出された。当然である。尻が見えるとか見えないとかのレベルで、爆発物処理班を出動させてしまったのだ。

ことによっては配置換えの処分を受ける可能性もある。

「私、ＬＳＰとして失格でした。どんなに恥ずかしくても、自力で走ってワゴン車にいったん退避するべきでした」

涼子は素直に詫びた。転属覚悟だ。

「そうとも限りませんよ。大勢の聴衆の前でそんな姿を露出させたら、ＬＳＰの恥になります。あなたの取った行動は、冷静でした。恫喝者を逃したのも、周囲の一般人の安全を考えれば致し方ありません」

西園寺は穏やかだった。おそらく中渕裕子が民自党を通じて、上層部に根回しをしてくれたのだろう。

「それにしても、無駄な税金を使わせてしまいました」

たかが尻と女陰の問題に、警視庁の精鋭部隊と、さまざまな装備を積んだ爆発物処理専用車が出動したことになる。

詫びて済む問題ではない。まんちょぐらい見られてもよかったのだ。

「早合点した東山さんや岡田さんもいけない。もっとも彼らは上方から見ていて、過激派らしき男たちが、ＬＳＰだと知ってあなたに近づいたとしたら、破壊工作もあり得ると推察したそうです。海外ではそうした事案も起こっています。したがってこれは誰の失点でもありません。あなたには引き続き、中渕裕子先生の警備を担当していただきます」

「はいっ」

涼子は敬礼した。

「それよりも、その連中への捜査が必要になるわね」

西園寺が立ち上がった。窓の外を見つめている。

お濠端《ほりばた》の桜田門はもう闇に包まれていた。

「……申し訳ありません。容疑者の顔すら見ていないのです」

涼子は警察官でありながら、女の羞恥にこだわった自分を恥じ入った。

「あまり気にしない方がいいわ。警備部の任務はあくまで警護対象《ケイタイ》者を守ること。捜査ではないわ」

西園寺はそこで言葉を区切り、でもね、と言った。考え込んでいる様子だ。しばらく間があってから言葉を繋いだ。

「でもね……実際に中渕先生への脅迫の事実があり、あなたが、襲撃されたのですから、これは守備的捜査も必要になります。ＳＳＰの岡田君にやらせましょう。彼はもと公安ですから、適任です。そして捜査一課から、うちにひとり呼びます」

西園寺がそう言った。捜査員を警備課に呼ぶと言った。この事は重大な意味を持つ。

西園寺は襲撃者の捜査を、捜査課に渡す気がないのだ。

警察ほど縄張り意識の強い役所はない。強行犯捜査は本来捜査一課に任せるべき事案だ。

「いちいち、あなたの恥を他部署に触れ回る必要もないでしょう。一課から女性刑事を転属させて、ＬＳＰとして捜査させればいいわ」

「それは、機構上許されるのでしょうか」

涼子は一般論として聞いた。

「守備的攻撃。これが私たちの新しい使命なのよ。総監も承知しています」

「わかりました。私は被害者のひとりでもあります。全面的に捜査協力をいたします」

「ええ、お願いします……」

西園寺はそこで言葉を切り、しばらく暗い濠端を見つめていた。三秒ほど沈黙して、涼子の方へと向き直った。

「中渕先生は、間違いなく当選します」

「はい」

涼子はさらに身を硬くした。

「彼女が都知事になれば、さまざまな勢力が圧力をかけてくるわ」

「それは……」

夕方の一件でも、男たちから、そういう内容を聞いた。涼子は首を傾《かし》げた。

「次期都知事はパンドラの箱を開けざるを得なくなるからよ」

「どういうことでしょうか」

「東京オリンピックの誘致に関する不正なロビー活動が、ヨーロッパで問題になってしまったわ。これは政府としても予定外だったはずです。次期都知事はいやでもこの問題に手をつけなければなりません」

「……」

涼子は押し黙った。口を出せるレベルの事案ではない。

「もうひとつ。豊洲……あれも、やばいのよ。粛々と進んでしまえば問題なかったのに、これも一回疑問が持ち上がってしまえば、かなりややこしくなる」

「開発の利権の問題でしょうか」

「それだけだったら、いったん業者を変えるだけで、乗り切れるけど……」

そういう裏工作になっているはずだと、聞いていた。

「土壌のことが出てきたら、そうはいかないわ。食品を扱う市場の土地に有害物質が含まれているとはっきりしたら……これマジにやばいから」

西園寺は苛立《いらだ》った顔をした。

そもそも豊洲市場の建設された土地はガス会社の工場だったわけだから、その疑問はある。だけど……涼子の考えを西園寺がまとめてくれた。

「ぜ〜んぶ、東京オリンピック開催と、有明、豊洲地区の開発という明るい話題でラッピングして、暗部を隠してきたわけよ。都民も国民も、バブル崩壊以降のデフレに気が沈んでいましたからね。それが、保守政権に代わって、パッと明るい兆《きざ》しが見えてきた。これは気持ちが上擦るわよね。政府はその国民感情を、しばらく上擦ったままにしておきたいのよ。ある意味、そうした方がいい場合もあるでしょう」

納得できる説明だった。

自分の給料が格別上がったわけでもないのに、なぜかしら、この数年、景気回復の兆しに心が躍っている。きっとよくなるような気分にさせられているのだ。

「回復しているのではないでしょうか。オリンピックまでこの景気は持つと、そういう雰囲気になっています」

「でしょ。それ雰囲気だけだから……そのよくわかんない雰囲気の中で、ええいやぁ、とやってしまいたかったのよ。政府も都も……それがさぁ、せこいことで、都知事がふたりも飛んでくれちゃったから、見えなくてもいいボロが発覚してきたのよ」

西園寺の口ぶりは、政府寄りだった。キャリアの見地なのだろう。こうなる前に、一気に物事を進ませてしまいたかったと言わんばかりだった。

「中渕先生は、それを知っての立候補なんでしょうか」

「微妙だわね。幹事長にうまく転がされているのかもしれないわ」

西園寺がそこまで言ったとき、デスクの固定電話が鳴った。

「ごめん。つづきはいずれまた。あなたはお咎めなし。任務に戻って」

涼子は敬礼して、中渕祐子の選挙事務所に戻った。


七月三十一日。中渕裕子は見事都知事に当選した。

史上初の女性都知事の誕生となった。

そしてその翌日、八月一日付けで、警備九課一係に、浦田恵里香《うらたえりか》が転属してきた。捜査一課からの転属だった。年齢は二十八歳。背が高くスタイルも抜群な女性だ。どことなく『アンフェア』の雪平夏見に似ているではないか。

彼女を紹介しながら西園寺がこう伝達した。

「浦田さんには、捜査を担当してもらいます。これは内々の任務です。内偵のために、警備一課の岡田さんと組んでもらいます」

妬《や》ける人事だ。岡田潤平となら、自分もコンビを組みたい。涼子は自分の蒔《ま》いた種の思わぬ進展に、地団駄を踏んだ。

第二章　チャイナドリーム

1

SSP主任の岡田潤平は、警備一課の自席で腕を組んだ。

どうにも合点がいかない捜査だ。

後輩の秋川涼子が受けた被害は、公務執行妨害。

その捜査は本来ならば所轄の渋谷署もしくは警視庁捜査一課があたるべき筋合いのものだ。いかに被害者がLSPであっても、捜査となれば、それぞれ縄張りがある。

警察とは、縄張りにうるさい組織だ。

ちなみに刑事や警備課員は交通違反のキップを持っていない。

街で信号無視の車を見つけても、止めて違反告知などしない。それは交通課の縄張りだからだ。

逆に刑事であっても、サイレンを鳴らしていない限り、スピード違反したら、白バイに追いかけられることになる。

そうしたことがはっきりしているのが警察という組織である。

岡田は、それが気に入っていた。

役所が杓子定規《しゃくしじょうぎ》でなければ、秩序という言葉がいらなくなる。

そうした霞が関の事情をすべからく熟知しているはずの警察官僚西園寺沙耶が、覆面《ふくめん》捜査を指示してきたのだ。

——裏がある。

これはもっと上からの指示があった、ということだ。

敵の属性ははっきりしないが、少なくとも組対の管轄の男たちには見えなかった。

ヤクザじゃない。直感だが、外国の工作員。

本来なら、これは公安の物件だ……。

岡田も選挙カーの上から、秋川涼子を脅した集団のことは見ていた。顔までしっかり認識できたわけではないが、鮮やかな手口の人間たちだった。

とりわけ、秋川涼子のパンツをナイフで切り上げた男は、三十代後半で、研ぎ澄まされた目をしていた。

軍事訓練を受けた工作員。

――そう直感したから、俺は爆処理の手配をしたのだ。

迂闊《うかつ》過ぎた。

岡田は五年前まで公安部に所属していた。外事課の覆面捜査員である。

そこで見てきた外国人工作員の手口が先入観としてあった。

――いまは反省している。

公安時代は、主に国内に潜伏する各国の諜報《ちょうほう》員への張り込みを担当していた。潜伏捜査員と表部隊の狭間《はざま》の位置に立っていた。

日本はスパイ天国と言われている。

日本を舞台に各国の諜報員同士が、機密を奪い合う状況に何度も直面したものだ。

彼らはほとんど銃を使うことがなかった。日本は情報管理には疎《うと》いが、銃規制は世界一厳しい。

そのせいあってか、貿易商や特派員を装って入国してくる諜報員は、とりわけナイフを使用することに長けていた。

ナイフを巧みに使い相手を追い込み、機密を横取りした後は、日本に入国してから製造した小型爆弾を最終武器に使う。

五年前までのトレンドは、消音装置付きの手榴弾《パイナップル》だった。

ターゲットにされた外国人は、あっという間に焼身死体となり、東京湾に沈められる。そして身代わりの人間が出国して、日本国内での殺人事件はうやむやにされてしまうのだ。

もっとも日本の公安が知りたいのは、日本で暗躍する工作員の動きであって、他国の工作員同士の殺し合いの犯人ではない。日本に直接かかわりがなければ、どうだっていいのだ。野良犬同士の喧嘩に庭を貸しているようのものだ。

ただ岡田にはその手口が残像として残っていた。

だから秋川涼子がナイフで襲われたときに、焦ったのだ。

——勇み足であった。

岡田が警備課に転属になったのは、民自党政権が復活すると同時に、現内閣の主要メンバーに対してのテロの脅威が高まったからだ。

保守本流を自任する現総理は、力による現状変更を試みてくる国や、国際協約を無視して核実験を繰り返す独裁国家に対して、米国や同調するアジア諸国と共に徹底した包囲網を形成しようとしている。

そのぶんだけ、これを敵視する国々からのテロの脅威が増しているわけだ。

そこで岡田が警備課に回ることになった。

総理及び重要閣僚クラスの警護を担当するSSPのメンバーに加わった。

最大の理由は、岡田がアジア系の諜報員や工作員たちの面《かお》に精通しているからだ。

その知識は国内よりも外遊の際に発揮された。

日本国内では、定点観測だけしている工作員も、対象の人物が海外に出たときは、本気で狙ってくる。

この国を一歩出れば、銃の所持が普通に認められている国が大半なのだ。

訪問国でのホテルがもっとも危険だった。

岡田は何度か、狙撃者を事前に発見し、危機を乗り切ってきた。本来なら、表彰対象の手柄だが、もちろん、その事実すら公表されていない。

中渕裕子は商務大臣の頃から、テロの対象となる重要閣僚と位置づけられていた。

現総理が「日本初の女性総理候補者」と言うほど、目をかけているからだ。

都知事就任となって、そのレベルはさらに上げられることになったが、選挙活動中の秋川涼子への威嚇は、いかにも気になった。

——警備警察官を恐喝するなど、かなり挑戦的な行為だ。

同じ公安出身の西園寺沙耶が、例外的に岡田に捜査を命じたのは、その辺が理由だろう。

——ただし……。

岡田は足を組み替えた。元公安の視点に立って、事案を見直すと、納得のいかない部分が多くあった。もう一度足を組み替える。少し苛立っていた。こんな時は、近所の喫茶店に行って、コーヒーを飲み、煙草を吸いながら思考するのが一番なのだが、もうすぐパートナーの浦田恵里香が戻ってくるので、待つしかなかった。

納得がいかないのは、彼らの素性がまったく拾えなかったことだ。

選挙カーの上から撮影していた映像を確認したが、岡田が知る顔がなかったばかりか、公安の隠しファイルにも全くヒットしなかった。古巣の仲間たちが、内密で顔認証に掛けてくれたのだ。岡田はこのことを課長の西園寺にも伝えていない。

岡田は一度捜査に着手したならば、誰にも相談しないことにしている。これが刑事畑の捜査員と発想が違うことだ。

すべてを隠密裏に行う。国家の機密情報に触れる捜査員の原則だ。その代り、仮に殺害されても事故扱いになる。

それにつけても容疑者像が浮かんでこなかった。

あの一連の動きは、間違いなく訓練された工作員のものだったのだが、行為はまったく違っていた。

岡田は自分の勘違いを恥じていた。

あくまでも男の観点からだが、女性警察官の尻を露出させる恐喝など、面白すぎる。犯人が仕掛けてきたことは、バーレスク的なおかしみがある。

余裕しゃくしゃくでこの手を用いたとなれば、女の心理を知り尽くした人間だ。テロとは、どこかが違う。岡田は釈然としない頭を軽く叩いた。

もう一度、事案を根本から見直す必要があった。

「岡田先輩、組対課でも、該当者はいないそうです」

浦田恵里香が戻ってきた。念のために、画像を組対課の連中にも確認してもらっていたのだ。

マルボウではないと直感を得ていたが、半グレ集団ならば、ありえる手口だからだ。女の下半身を露出させて、動きを封じる。いかにもカラーギャング的な発想だ。岡田の範疇《はんちゆう》外の人間たちだが、何らかの形で、テロ組織、あるいは暴力団の手先になっている可能性はあった。

「そうか、そっちもなかったか……」

捜査すべき糸がまったく見えなかった。

「ひとつ、情報を拾ってきました……」

テレビドラマ『アンフェア』のヒロインに似た容貌とスタイルを持った恵里香が、耳元で囁いてきた。舌先が耳朶に触れるほどの距離で、言われた。吐息が耳に心地いい。

「なんだ……」

岡田は恵里香に顔を向けた。十センチと離れていない位置にその美貌があった。

「中渕先生の選挙に関わったボランティアが、五人も姿を消しています」

恵里香は髪を掻き上げている。顔はまだ離れていない。噎《む》せ返るような甘い香りが迫ってくる。

岡田は視線を外しながら、聞き返した。

「ボランティアの素性はどうなっている？　潜伏要員ではなかったのかね」

選挙では互いに敵陣に偵察要員を放つのは常とう手段だ。

「消えた連中は、いずれも二十年以上都連の選挙を手伝ってきている人たちだそうです。バリバリの民自党支持者です」

「どこから聞き込んできた」

岡田も恵里香の耳元に向かって言った。形の良い耳だった。

「先週までいた捜査一課です。組対の帰りに、顔を出したら、都連から内々に連絡があったそうです。まだ失踪と決まったわけではありません。選挙事務所があった三軒茶屋の所轄が、聞き込みに入っているそうです」

所轄は世田谷三分署だ。

「特性は？」

事案にはなにか特性があるものだ。いろいろ理由はこじつけるが、捜査員というのは、その特性の匂いから、行動の第一歩を決めるものだ。

「全員女性です……みなさん熟女です」

恵里香がそう言った。はっきりとした特性だった。選挙ボランティアが自腹を切りすぎて、売春に走るというのも、よく聞く話である。中継をする業者がいる。高級売春組織だ。

「性活安全《エロ担》の事案かね？」

「いえ、まだ、そこは動いていません。行方が分からなくなって、まだ一週間しか経っていません。家人も捜索届は出していません」

「選挙が終わって、内緒で旅行に行ったという可能性もあるってことか」

「そういうことです……ただし、このことに関しては一課が動くようです。何人かが、世田谷三分署に出向いています」

「それは別な事案との関連があるということだな」

岡田は頭の後ろで手を組んだ。煙草が吸いたい。

「おそらく……先輩、どう動きますか？」

恵里香が聞いてきた。

「とりあえず、ボランティアが消えた線は、見守ることにしょう。浦田は、ひきつづき一課と組対から、情報を集め続けてくれないかね。なにか連動することが起こっているかもしれない……」

「わかりました。それでは、私たちは、どの線へ？」

「捜査はあくまでも覆面だ。都合の良い警備に潜り込む」

「都合の良い警備？」

「外務省の中国局長のチームに入る」

「それって、ＳＰ対象でしたっけ？」

「対象にすればいい」

岡田は手帳を開いた。要人のスケジュールはすべてノートに手書きしてある。スマホ、タブレットの類には決して入れないのが、基本だ。
アナログな記録は個人の能力で守れるが、電磁的記録は、いくらでも流出する可能性がある。ネット社会において、ネットを使用しないのが、情報を守る最大の方法となっている。

「夕方から帝国ホテルだ」

外務省の局長が中国大使館の書記官と定期的な意見交換をすることになっている。通常、SPはつかない。この場合、秘書官を偽装した公安がついていく。SPを兼務する能力が彼らにはあった。

そこに本物のSPとして割り込むことにした。本来の縄張りを主張すればよいだけだった。狙いは、中国側の諜報員の動きを知ることだった。

自分は公安外事課時代、随分と張り込みをやって来た、当然相手の顔をたくさん記憶している。だが、これは相手側も同じだった。

岡田の顔もまた、すでに各国の諜報員の間に知れ渡ってしまっていたのだ。

警視庁の人事は実に妥当であったわけだ。

十年も諜報の仕事をしていれば、共に顔を割り合うことになる。「公然捜査員」としての内偵や張り込みには限界が来るのである。

続けられるのは「非公然捜査員」だけである。これは警察というよりも諜報員に近い存在である。岡田はあくまでも公然捜査員であった。

諜報界に顔が売れて得なこともある。

——威嚇や攪乱《かくらん》が出来るということだ。

SPに異動になったばかり頃は、相手の顔を見破るのが任務のひとつであった。だから、最近は岡田が要人のそばにいることで、相手が新人を送らなければならないようになった。岡田の知らない顔を、わざわざ相手は用意しなければならないのだ。

どんな国でも諜報員をひとり育てるには十年はかかる。ましてや、相手国に送り込み、その国の習慣を身に付け、市民として根づかせるには、相応の時間が必要だった。

潜伏諜報員、通称「草」と呼ばれる人間たちは、知らぬ間に日本の一般市民の中に溶け込んでいるのだ。それを見破るのが、かつての仕事だった。

今度は、わざと自分の存在を見せつけてやる。

そこから、なにか動きが摑めそうだ。

2

日比谷の帝王ホテルに入った。恵里香を伴っていた。局長と書記官の会談は、中二階にあるフレンチレストランで行われることになっていた。

レストランのエントランスでかつての仲間が目を剝いた。

「おいおい、どういうことだよ」

外務省のノンキャリ事務官に扮した公安刑事だ。まだ中国側は到着していなかった。

「遠隔警備だ。おまえらこそ、見え見えのくせに、偽装張り込みをしてんじゃねぇよ」

岡田は毒づいた。

中国に限らず、在外大使館の人間は外務省の事務官と称する付き添いの大半が、公安か内調（内閣情報調査室）の人間だと知っている。

どちらもお互いさまなのである。

「都知事の政策が前任者とは異なる方向になった。当然、中国の圧力が予想される。警備課のマークの対象が広がったのと、都知事警護のための情報収集が必要になった」

もっともらしい嘘をついた。

政策が変更になったのは事実だ。都の遊休地を前知事が中国企業に廉価で貸し出す方向でいた件を、新知事は福祉施設にすると言っている。

また都知事選や、都議会選における外国人参政権も、知事は否定的であった。

「それで様子伺いかよ」

「飯を食って帰るだけだ。そんなに煙たがるな」

「カップル偽装か……」

「そういうことだ。おまえらよりは、自然に振る舞える」

脇に立っていた恵里香が、直立してお辞儀をした。元同僚は恵里香に好感を持ったようだ。肩を竦《すく》めて聞いてきた。

「今夜限定か」

「万が一のことがあれば、あと二回ばかり覗きに来る。その場合は、情報はきちんとそっちに出す。今夜はリトマス試験だ」

岡田は符牒を使った。リトマス試験とは、相手の反応調査ということだ。自分たちが試験紙である。

「わかった。支配人に言って、席を手配させる。マイクは仕掛けられない。相手の秘書官が先に臨席してすべてチェックしている」

元同僚がまた肩を竦めた。ハリウッド映画の刑事を気取っているのだ。悪い癖だ。

「構わない。公安とは違う周波の集音を付けてきている」

岡田はスーツの襟章《えりしょう》を指した。有名企業の社章に模したピンマイクが取り付けられていた。目立つイヤホンは付けていない。SPがインカムを付けるのは、あくまでも公然警護員としての威嚇もひとつの任務だからだ。

諜報を目的にした場合、いまどきインカムやイヤホンを付けるバカはいない。

「どこに飛ばす？」

元同僚はいぶかしげに聞いてきた。

恵里香が元同僚に薬指の指輪を見せびらかした。

「なるほど……彼女が頬杖をついて、聞き取るわけか」

元同僚が指輪に耳を近づけた。岡田は襟章に向かって呟いた。

「おま×こっ」

「わっ」

同僚が耳を押さえた。

岡田と恵里香はフレンチレストランの席に着いた。窓際だった。

外務省の局長と書記官は、もっとも奥の席についている。

あえて個室にしていないのは、相手が隔離を嫌っているからだ。

外交官は個室に通されて、外部と遮断されることをむしろ避けたがる場合が多い。盗聴、撮影、ハニートラップ、彼らは拉致される可能性まで視野に入れている。独裁国家や共産主義国家の外交官はさらに、自分自身を自国の人間に監視されている。

レストランの各席には一般人たちでにぎわっているように見えるが、この席のどこかに、相手側の諜報員が混じっているはずだった。

夫婦客、欧米人風の客、商談風のグループ。若いカップル客。いろいろいるが、きっと偽装している者がいる。

――そいつらが、自分に気づいてくれればいい。

岡田はシャンパンを飲みながらそう願った。シャンパンは恵里香のリクエストでモエ・エ・シャンドンのロゼを頼んでいた。どうせ官費だ。かまわない。

前菜とコンソメスープが終わって、メインの肉料理が運ばれてきたころ、恵里香が、いきなり微笑んだ。

「潤ちゃん、私、本当にこの指輪、気に入ったわ。ありがとう」

そう言って、左手を差し出してくる。

岡田は手を取って、指を覗き込んだ。ふたつ先の席に座っている元同僚がさりげなくアップルジュースを飲みながらこちらを向いた。

岡田は笑顔を作った。すぐに手を離した。

――そんなわかりやすいことをしたら、逆に囮《おとり》だと思われる。

岡田は恵里香の指は、一秒ほど眺めただけで、自分の左手をテーブルの上に置いた。腕の時計をさりげなく見えるようにした。

文字盤に字幕が走り出した。音声の文字変換装置である。警備課の特殊装置開発は、公安よりも進んでいた。ＳＳＰは本当の情報はインカムではなく、この時計でやりとりしているのだ。

元同僚は首を傾げ、ナイフとフォークを動かしだした。目の前の部下と共に黙々と食事をしている。

文字盤に局長と大使館員との会話が流れた。ふたりは英語で会話をしている。それをさらに日本語に変換していた。

【中華学校はどうしても建設したい。外務省から都を説得してくれないか】

【当面は無理だ。それを言って当選した知事なんだ。しばらくは顔を立ててやってほしい】

【爆買いツアーの規制をするというのは、どういうことだ】

【知事に言わせると、マナーの問題だ。お国の皆さんは、ちょっと無神経すぎる。いやあくまでも現在の国際常識という観点からだ】

【フランス人みたいなことを言うな。さんざん金を落としているのに、そこまで言うか】

【大丈夫だ。それぐらいはどうにでもなる。すぐに排除の条例なんか作れないさ。都議にもそちらの恩恵にあずかっている人間はいくらでもいる】

【そうだ。観光業促進は現政権の重要課題ではないか。都知事が違うことを言ったらおかしい】

【習さん。我が国は、お国とは違う。中央政権の意向がすべてではない。地方自治は独自の裁量権を持っている】

【西洋の無秩序民主主義の考え方だ。我々は、自国の法律と信念で新秩序を作ろうとしている】

【わかった、わかった。習さん。ここは首脳会談の場所じゃないよ。建前はいい。そろそろ本題に入ろうじゃないか。次官と大使が話す前に、ベクトル合わせをしておかなくてはならない。単刀直入に言ってくれ。習さんが今一番知りたいことはなんだ】

【オリンピック招致に関する不正送金疑惑。あれは、どこまで真剣に調査するつもりかね】

話題が思わぬ方向に飛んだので、岡田は顔を上げて、奥の席を見つめてしまった。恵里香がさりげなくシャンペンを注いでくれた。ナイスカバーだ。うっかり周囲に表情を見て取られるところだった。

恵里香も同じ時計をしている。会話を同時に確認していたのだ。あえて、ここで、シャンペングラスをぶつけあって、会話をしているふりをする。

【それは誰もが困る話だ。都知事もそれはわきまえている】

局長が切り出した。

【なるほど……】

【わざわざ、聞いてくるところをみると、お国も、あの会社を使いましたね】

会話上、クロスカウンターを放っている。

【正式なコンサルタント料だ。何もやましいことはない。ただ、いまさらフランスがほじくるのは気に入らない。我々は、その件では、日本に肩入れするつもりだ】

中国大使館の書記官が、珍しく、協力的なことを言っている。外務省の局長は黙り込んだ。

しばらく沈黙があって、ようやく口を開いたようだ。文字が流れてくる。

【フランスは友好国だ。東京とパリも一九八二年に友好都市締結をしている。お互い、ためにならないことはやらない】

局長がきっぱりと言った。恐らくこれが外務省のスタンスだ。

【相変わらず、日本は欧米の一員だという意識が強いな。我々は同じアジアの仲間ではないかね】

書記官は不機嫌そうだ。局長が美しいアクセントの英語で返した。

【仲間の島を、ある日突然、俺のものだって言いますかね。日本人は少なくともマナーに関してはヨーロッパのスタイルを好みます……】

国際外交の現場を垣間見る思いだった。

定期的な情報交換の会食らしいが、双方一歩も引かない、まさに言葉の応酬の場だった。

恵里香の顔がほころんでいた。局長に声援を送る観客のような眼差《まなざ》しで時計の文字盤を見つめていた。

【だったら、英国の抜けた後のＥＵにでも参加したらどうだね……】

書記官は精いっぱいの皮肉を言っているようだった。

【可能なら、参加しますよ。お国のリーダーが主張する〈アジア運命共同体構想〉よりは、日本人にはしっくりくる。騎士道と武士道は通じていますからね……】

そこで恵里香がテーブルの下で、軽く拍手した。岡田もガッツポーズを送りたい場面であったが、文字盤から顔をあげると、こちらをじっと見つめている男がいた。痩せて見えるが、スーツから出た猪首《いくび》と肩の上がり方を見る限り、その筋肉は恐ろしく鍛え上げられていると予測できた。

岡田と視線が合った。すぐに男が席を立って、書記官のほうへと進んだ。

岡田はすぐに文字盤に目を走らせた。目を走らせながら、奥の席も見た。会話と動きを交互に確認する。

【書記官、そろそろマッサージの時間です】

会話に男が割って入った。

【まだ、デザートがあるじゃないか】

と書記官。酔っている風だった。

【ワインも残っています】

局長がボトルをもって、書記官に注いでいる。この局長、相当したたかである。男が北京語で言いだした。それでも文字変換が出来た。警備課の装備開発者は、まるで映画の『007』に出てくるような優秀な科学者らしい。

【申し訳ありませんが、田中さんが到着してしまいました】

田中って誰だ？　というか、なんの符牒だ？

【ほう。では、上に行かなくてはならないね】

【それでは、デザートはお部屋にお届けしましょう】

局長がにこやかな表情でそう言う。書記官が立ち上がった。背筋を伸ばしながら、局長に言った。

【ひとつだけ、アドバイスがあります】

【一応伺いましょう】

と局長。自分は赤ワインの入ったグラスを口に運んでいた。

【まもなくフランスの検事正が来日しますね】

【あぁ、東京五輪の警備体制の見学に来る】

【来日する前に、シンガポールであのコンサルタント会社を洗っていますよ……来日の目的は違うんじゃないですか】

書記官がにやりと笑ったようだった。局長は目の色ひとつ変えなかった。美味《うま》そうにワインを飲んでいる。

【大丈夫です。我々も把握しています。ご心配には及びません】

書記官が踵《きびす》を返して、こちらに向かってきた。岡田はナイフとフォークを動かして、和牛のサーロインを切った。

その脇を書記官に続いて、北京語で伝言した男が通った。

「肉がすっかり冷めていますよ。レストランでは食事に専念した方がいい」

頭上でそう聞こえた。岡田は顔を上げた。見たことのない顔だった。

中国大使館の一行が帰ると、レストランの席の客も半減した。つまりは半数は護衛と諜報員だったわけだ。

中国側の人間が完全にいなくなるのを見届けると、外務省の局長が、おもむろに立ち上がった。側近の外務省職員に囁いた。

「警察庁に、フランスから来る検事正を集中管理下に置くように依頼してくれ。こちらは外交ルートで取引《バーター》の環境を整える」

局長は厳しい視線のまま退出していった。

3

午後十時を過ぎていた。

岡田と恵里香は本館のエグゼクティブフロアの一室に入った。同じ階に先ほどの中国大使館の書記官が宿泊していた。

彼らの行動確認ための張り込みであるが、相手もおそらくは、岡田たちが入室したことを知っている。岡田としては、まず先ほどの会話に出た田中という人間の素性を知りたかった。

そいつが部屋から出たら、追尾する。

「書記官の部屋に入ったのは、本当にマッサージ師のようです」

ベッドサイドのソファに腰を下ろした恵里香が報告してくれた。恵里香はたったいまホテルの警備室から戻ってきたところだった。

「このフロアの防犯カメラに、男のマッサージ師が入っていくところが映っています。中国側が時々呼ぶ、日本人マッサージ師だそうです」

「マッサージ師とは限るまい。接続員《コネクター》なんじゃないか」

「すぐに鑑識課に送り、顔認証に掛けましたが、ヒットしませんでした。もちろん、接続員の疑いは捨てきれません。ホテルの警備室に協力を要請しました。マッサージ師が部屋から出てきたら、連絡をもらうことになっています。そこから尾行します」

そこまで言うと恵里香は一度立ち上がって、ベッドに腰を掛け直した。そのまま、仰向けになる。天井を向いたバストが、呼吸するごとに上下している。

「おいおい、任務で同室になっていると言っても、俺も男だぜ。欲情させるな」

ライティングデスクに座ったまま、岡田はあくびをした。午後十時を回ったばかりなのに、やけに眠い。シャンパンを飲んだと言っても、さほどの量ではない。酒に強い岡田が酔うはずがなかった。しかも飲んでから二時間が経過している。醒《さ》めてくるはずなのに、むしろ酩酊《めいてい》感が深まっていた。おかしい。

「先輩が男なら、私も女です。一定の性欲はあります」

黒のワンピース姿の恵里香が、ベッドの上で寝返りを打つように、身体を左右に回転させた。乳房や臀部が揺れ動いた。よく見れば、いやらしい体つきであった。

「なんか私、緊張がゆるんじゃいました。警備員の話だと、マッサージ師は一度入ると、二時間は出てこないそうです。私たちも、少し休憩しませんか……」

仰向けになったままの恵里香が膝をあげた。ワンピースの裾が持ち上がり、奥からパンティストッキングの股間が見えた。パンストも黒だった。

「見せつけてくれるじゃないか」

岡田は目を細めた。欲情していた。同僚や後輩に性欲を感じることなど、これまで一度もなかったのだが、いまは、脳も皮膚もざわざわとしていた。

「おかしいです。私、いつもこんなじゃないのに、先輩に見られているというだけで、ここがジンジンとしてきます」

恵里香が立てていた膝を左右に開いた。幕が開くようにワンピースの裾が割れて、パンストの腰部全体が暴露された。

黒の網目の下は白のショーツだった。そのコントラストが岡田の欲情をさらにそそった。

「あぁぁ、自分で触ってもいいですか？」

髪を振り乱し、目の下を紅《あか》くした恵里香は、岡田の返答を待たずに、右手をショーツの中に突っ込んでいた。パンストの股間が盛り上がり、波打つ様子が伺えた。同時に、ぬちゃ、くちゃ、と卑猥な音が聞こえてくる。

男として忍耐の限界だった。岡田はスーツを脱いだ。

身体の様子が変だった。

「きっと、あのシャンパンになにか混入されたんです。私、明日、鑑識に尿を提出します」

恵里香が自分でワンピースを頭から引き抜きながら、悩まし気に言っている。尋常ではない状態だということがひしひしと伝わってきた。

──確かにおかしい。お互い、急に発情するなんて、どこかおかしい。

脳の奥で、疑問を探りながらも、身体は止めようがなかった。

「その尿に、俺の体液を混ぜてやる」

岡田も猛り狂いながら、恵里香のブラジャーを取った。お椀型の乳房のてっぺんで、乳首が尖っていた。とても小さいが、かちかちに硬直している。

舌を伸ばして、その突起を舐めた。

「あぁああ、気持ちいいっ」

乳暈《にゅううん》がにわかに窄《すぼ》まり、ぶつぶつと粒を浮べた。その粒をも舐めた。

「いやぁぁああ……私、絶対におかしい。こんなに気持ちいいことなんかなかったです」

恵里香はすでに、涙声になっていた。

「正直、俺もおかしい。俺も尿検査をする必要がある」

言いながら、岡田は恵里香のショーツを引き剝《は》がした。女刑事の股間は熱狂していた。

薄茶色の襞《ひだ》が開き、中から桃色の花びらがこぼれ落ちていた。すべてがヌルヌルに光って見える。

岡田は指で、その花をさらに寛《くつろ》げた。淫の穴がぽっかりと開いていて、そこから淫らな粘液が溢れ出ている。

「あの、私との行為、バレないでしょうか……」

「たぶん大丈夫だ。いかに警視庁でも、職員全員の体液を把握しているわけがない」

「だったら、かまいません。先輩、早く挿入して、擦ってください」

恵里香の目は血走っていた。

岡田は愛撫もそこそこに、男根を突き立てた。すでに蜜まみれになっている淫の口に、ゆで卵のように膨らんだ亀頭を押し当てる。ぬるぬると滑る。そのまま、グイッ、と押し込んだ。

「あぁあああ」

一気に全長を挿入した。睾丸《こうがん》を土手にぶつけながら、何度もストロークを繰り返す。

「あっ、いや、すぐ、いきそうっ。先輩、このこと、絶対に誰にも言わないでください……あぁあぁ」

　恵里香が絶叫した。

「おぉおっ」

　岡田も先端から噴き上げていた。精汁を噴き上げながらも、抽送《ちゅうそう》をし続けた。恵里香の肉層の中は、双方の液が混じり合い、ネバネバになってしまっている。肉棹で水飴を捏ねたら、こんな感触なのではないだろうか……。

　岡田は精液を出しても、出しても、ピストンを止めることが出来なかった。恵里香はすでに痙攣を起こしている。絶頂の上にも絶頂を重ねているのだ。

　──お互い、間違いなく、性欲促進剤を混入された。おそらく〈チャイナドリーム〉だ。

　諜報員が性欲促進剤を用いるのは、いまや国際常識である。

　一度、服用してしまったら、完全に性欲が収まるまで、セックスし続けるしかなかった。

　下手《へた》に途中で切り上げると、脳内に性欲が残ったままになる。一時的には、醒めても、すぐに、欲望が復帰してしまう。

　男は尿意と同じで、出さないことには、収まらず、女性は男性器を挿入するしか、気持ちが収まらなくなる。

外でフラッシュバックが起こったら、誰とでもやりたくなってしまう。かつてアメリカ大統領がホワイトハウスで秘書とやってしまったことでスキャンダルになったが、ランチにこのチャイナドリームを混入されたのではないかと言われている。

対処法は、お互いの粘膜が麻痺するまで、擦り続けるしかない。

性器の粘膜が完全に麻痺すると脳へのエロ伝達が遮断されるのだ。そうなると薬は残っていても、やる気が失せる。

ただし、完全麻痺するまでには、通常十時間は擦り合わなければならないらしい。

もう嫌だ、まったくしたくない、というまで、恵里香の穴を穿《うが》ち続けるしかないのだ。

岡田は覚悟を決めて、尻を振りまくった。

セックスもこうなると、野球の千本ノックに近い。つまり根性がいる。

真夜中の部屋に、ずんちゅ、ぬんちゃ、と粘膜が擦れる音だけが響いた。

午前一時。

三時間ほどセックスし続けたところで、恵里香がついに口走った。

「先輩っ。お願い、もう、やめてくださいっ。頭が真っ白。もうエロいこと何も浮かばなくなりました」

岡田は肉棹を抜いた。まだ勃起していた。彼女のほうは収まったみたいだが、自分のほうは、まったく緩んでいない。

「俺はまだみたいだ。頭の中に、いろんな女とやっている映像が浮かぶ。これじゃ、外に出ることが出来ない」

正直に訴えた。恵里香が頷く。

「これ、任務ですよね。仕方ないですよね。先輩の脳からエロが消えるまで、私、しゃぶるしかないんですよね」

恵里香が両手で髪の毛を後方にまとめている。

「た、頼む……自分の手筒では、収まらない……」

自慰でどうにかなるなら、とっくに済ませている。

この薬物は粘膜同士を摩擦させることでのみ、徐々に抜けるという仕組みになっている。ハニートラップにもっとも適した薬物と呼ばれるのは、そのせいだ。勃起薬とは違う。

「私は、もう当分、セックスはしたくないです。エロい気分ゼロです」

逆にやり切れば、そういう心境になってしまうらしい。使い方次第では、欲情防止薬にもなる。問題はいったんはやりきらねばならないという点だ。

「早く、俺もそうなりたい……」

「あの、お願いがあるんですけど……」

眉間《みけん》に皺《しわ》を寄せた恵里香が、上目遣いで言ってきた。

「なんだ？」

「私……先輩の勃起、事情は承知していますから、舐めますけど、私に舐められているという、イメージ忘れてくれませんか」

極度に膨張したエロスが萎《しぼ》んだ後の恵里香は、今度はやたらと固くなっている。

「わかった。目を瞑って、別な女に舐めてもらっていることを考える」

「では……失礼します。先輩が出来るだけ早く、抜け切るように、素早い動きでやります」

「亀頭裏を執拗《しつよう》に舐めあげてくれれば、一回の噴き上げが早くなる」

「わかりました。プライベートでも、こういうことをしている女だと、絶対に思わないでください」

「了解した」

滑稽な会話のやり取りだが、自分たちにとっては、真摯《しんし》なやり取りだった。

かぽっ、と咥《くわ》えられ、舌の腹で、まず根元から胴体を懇切丁寧に舐められた。唇をきつく結ばれる。さっきまで入れていた膣の締まりとだいたい同じだった。

そこから一気に舌先が亀頭冠の裏側へと這い上がってきた。

「うぅう」

岡田は呻いた。絶妙な擽《くすぐ》りだった。

「おぉお。出る」

すぐに迸《ほとばし》った。もう何十回、精を吐いたかわからない。それでもまだやりたいのだ。

「いつもは飲みませんから……これ省力化です」

恵里香が喉を鳴らしている。確かにいちいち、ティッシュに出している暇もない。

「先輩、いま、誰のイメージで抜けたんですか……」

うっかりして誰もイメージしていなかった。まごうことなく、目の前の浦田恵里香で、発射していた。この舌の感触は、類まれだ。記憶して、日々の自家発電に役立てたい。

「守秘義務がある」

「西園寺課長……とか……じゃないですよね……」

とんでもないところを突いてきた。

「いや、そこは考えていなかった」

「イメージしてみてください……私、西園寺課長風に舐めてみます」

何を考えているんだ、この女は。

「いやいや、それまずいだろう。頭にこびりつく。本人に会ったときに照れくさい」

「私とセックスした記憶、消してほしいんです。でも同年代の秋川さんとか東山さんだと、妬けちゃうんですよね。女ってそんなものです」

言いながら、恵里香が亀頭に唇を付けた。アヒルのような顔になっている。唇を吸盤のようにして、ちゅばっ、ちゅばっ、と吸ってきた。

「職員食堂のおばさん、とかじゃダメか。ほら、麺類担当のおばさん」

「あの白い頭巾《ずきん》被った太ったおばさんですか……」

「そうだ」

「あの人で、先輩、いけるんですか……」

「いまなら、誰でも、いける気がする」

「私、なんとなくその気になれないです。私じゃ、いやなんですが、出来ればこの唇と舌を、もう少しいいイメージで使ってもらえないでしょうか……」

めんどくさいことを言う。

「こんな会話をしていても、無益だ。早くやってもらえないだろうか」

岡田は頭を下げた。喉が渇いてしょうがないときに、水を一杯ください、と懇願する心境に似ている。

「やっぱり、西園寺沙耶課長ってことにしてくれませんか。それだと、私、断然やる気になるんですが」

この際だから、しようがない。そういうふりをするだけでいいのだ。岡田は頷いた。

だが、恵里香もしつこい。

「やっている最中に、『おぉ、西園寺課長の唇って素敵だっ』とか『あぁ沙耶、その舌で金玉も舐めてくれっ』とか言ってくれますか……」

脳内を見透かしたように、だめ押ししてきた。もう、どうでもいい。早く舐めて、欲しい。

「わかった。それでいい」

「じゃぁ最初に『西園寺課長、舐めてくださいっ』って言ってください」

ひょっとして、こいつ、ドSか？　しかし、もはや時間がなかった。岡田は言った。

「……西園寺課長、舐めてください」

自分が自分でなくなってしまったようだった。

次の瞬間、ぱくりと咥えられた。唇で猛烈に締めつけて、往復しだす。舌先も激しく動き回ってきた。上手い。プライベートでもこんな舐め方をするのだろうかと、不《ふ》埒《らち》な妄想が浮かぶ。

「おぉおっ」

睾丸を握られた。やわやわと握られる。恵里香が催促するように、上目遣いに見つめてきた。

マジに言わなきゃならないのか？　岡田は眉間に皺を寄せた。

ためらっていると、恵里香に金玉の縫い目を、人差し指で撫でられた。細い指先が、行ったり来たりしている。どうしても舐めてもらいたくなった。

「沙耶、その舌で金玉を舐めてくれ」

恵里香の瞳がにわかに輝いた。すぐに舌が伸びてきて、こってりと舐めあげられる。

「んんんっ」

すぐに爆《は》ぜた。

その後も肉頭と睾丸を交互にあやされ、岡田の脳内からは徐々に淫気が消えつつあったが、まだ完全ではなかった。

けたたましい固定電話の音で、フェラチオを中断されたのは、午前二時半すぎだった。

4

「いまモニターで、一五〇三号室から、昨夜入った男が出るのを確認しました。中国大使館の方々は、まだお部屋です」

「わかった。ありがとう」

岡田は跳ね起きた。自分は服を着て、恵里香には待機を命じた。

「先輩、まだ、淫気が残っていると思いますが……」

事実、岡田はまだ勃起したままだった。

「構わない。追尾するのは男だ。そうそう問題はあるまい。浦田は大使館の連中がチェックアウトするまで、威嚇的に、監視してくれ。奴らが出たら、登庁して構わない」

「わかりました。登庁したら、すぐに尿検査受けます……」

どうしても、薬物のせいでセックスをしたという、免罪符が欲しいのだろう。

「わかった」

岡田はすぐに部屋を飛び出し、一階に降りた。三百六十度見渡した。巨大ホテルとはいえ、深夜のロビーは静まり返っていた。日比谷公園側の車寄せから、マッサージ師で田中と呼ばれる男がタクシーに乗り込む姿が見えた。

タクシー会社の社名と無線ナンバーを暗記した。フロントマンに確認した。ホテルのフロントマンというのは、顔を覚えるプロフェショナルだ。中国大使館の書記官の部屋にやってきたマッサージ師だとすぐに判明する。

岡田は待機していたタクシーに飛び乗る。警察手帳を提示した。

「たったいま出て行ったタクシーを追ってくれ。ＡＢＣ交通の×××番だ」

「承知しました」

運転手はすぐにアクセルを踏み込んだ。使命感に燃えているらしい。こういうタクシー運転手は多い。ジグザグ運転で、先行車を追い抜き、標的の車を発見した。あえて、数台の車を挟み込み、直接背後に出なかった。岡田は聞いた。

「他社の車でも、行先チェックできるかな」

「警察の依頼でしたら、各社で連携がとれます。お待ちください」

運転手が無線を使って問い合わせている。

「大丈夫です。荷物を積んだ車には、悟られないように、確認がいきます」

タクシー業界では、犯罪者あるいは容疑者を〈荷物〉と呼ぶ。

そして該当車には、先に乗せたお客の忘れ物チェックということで、連絡を入れるのが、通常だ。

ほんの二分で連絡があった。車はちょうど内堀通りから霞が関に入っていた。マッサージ師を乗せた車とは、一定の間隔をとったままだ。行く先をチェックできるのだから、あまり接近しない方がいい。このタクシー運転手はその辺も心得ていた。

「六本木のロアビル前だそうです。先回りしますか」

「いや、ほぼ同時に対向車線に止めてくれ」

「OKです」

もしあの男が追跡を気にしていたら、背後には充分気を付けているはずだった。だが意外と正面からくる車や人間は疑わない。

午前三時近くの六本木は、にぎわっていた。

マッサージ師を乗せたタクシーがロアビルの前に止まった。岡田は斜向《はす》かいのコンビニの前で降りた。相手は顔を知らない。岡田は堂々と横断歩道を渡り捜査対象者《マルタイ》に接近した。

　マッサージ師はロアビルの前に立っていた。

　ロアビルは、道路から数段上に建っている。ビルの幅と同じ広さの階段があった。その最上段に立って、歩道を見下ろしていた。あたりには、黒人のキャッチがうろうろしている。この辺りにいる黒人の大半はアフリカ人だ。アフリカ人がニューヨーカー風のブランドスーツを着て立っているのだ。

　岡田もその階段の上に立った。マッサージ師が、岡田に気が付いている様子はない。ひとりのアフリカ人がマッサージ師に近づき、耳打ちをしている。身なりの良いアフリカ人らしかった。マッサージ師はポケットから札束を取り出し、一万円札を数枚、そのアフリカ人に渡した。

　マッサージ師がゆっくりとエレベーターのほうへと動いた。ビルの端にあるエレベーターが到着した。扉が開く、若い男と女が集団になって降りてきた。マッサージ師はエレベーターに乗り込むでもなく、その集団の中に紛れ込んだ。

　若者たちは十人ぐらいで、そのうちの三人が女だった。男は黒や紺のスーツ姿で、女たちはいずれもタンクトップとマイクロミニという露出度の高い格好だった。

　岡田は目を凝らした。

集団の中に都議の外山正彦《そとやままさひこ》がいた。国会議員ほど有名ではないが、都議会にあっては超大物の議員だ。

岡田は警備警察官として、外山の顔を知っていた。

相手が岡田に気づくことは、まずない。担当でもない警備者の顔をいちいち覚えている政治家はいない。

それにしても六十代後半になる外山がなぜ、こんな場所にいる？

岡田はさりげなく近づいた。外山の隣に熟年の女がいた。ロイヤルブルーのツーピースを着たキャリアウーマン風の女で、年齢は、五十代。身なりや風貌からして、六本木よりも日比谷や銀座が似合いそうな女だった。

そのふたりだけが、一緒に出てきた若者集団とは明らかに異なった雰囲気を醸《かも》し出していた。

半グレ風の若者たちが、まるでこのふたりを警護しているような雰囲気なのだ。

マッサージ師が外山の連れの女に近づいた。

女は「あら？」という顔をした。顔見知りらしいが、偶然出会って戸惑っている感じだ。

マッサージ師が外山に軽く会釈をして、すれ違いざまに女の耳の裏を親指で軽く押した。岡田はそれをはっきりと見た。

　女の顔が急変した。頬にはっきりと朱が差し、いきなり唇を舐めだしている。外山がスケベジジイ丸出しで、女のブルーのタイトスカートの尻を撫でた。女は腰をくねらせ、外山に身を任せている。

　外山がもう一方の手のひらを、女の胸襟《きょうきん》の中へと滑り込ませている。無造作にブラジャーの内側を揉んでいる動きだ。

　そんな風景を見てしまったのが、いけなかった。岡田のズボンの股間が、はちきれるほどに膨らんだ。

　――痛い。

　岡田は股間の逸物《いちもつ》をファスナーの上から押さえた。ズキズキと疼《うず》き、撫でなければ、収まらなかった。摩《さす》った。

　そのとき、絶叫があがった。外山と美貌の女を取り囲んでいた集団の先頭にいた女だった。ピンクのマイクロミニにピチピチのTシャツを着ていた。

「このスケベが、私のパンツ見て、マスこいているよっ」

　岡田が指さされていた。パンツは見ていない。だが、勃起した男根を、摩っていたのは事実だ。

「変態サラリーマンっ」

女が岡田の股間を蹴り上げてきた。ハイヒールが飛んで、生足で襲われた。びしっ、と股間に爪先が入る。岡田はかろうじて身を捻《ひね》り、睾丸を打たれるのだけは避けた。だが肉根の中央には当たっていた。

「おっさんっ、かちん、こちん、じゃん。道端で発情してんじゃないよ」

パンツがはっきり見えた。黒い紐状の股布が、肉丘を二つに割っていた。割れ目の縁から小陰唇が若干はみ出していた。

それを見てしまったおかげで、岡田はさらに男根を硬直させた。トランクスの中で男根が最大限に膨張してしまったために、睾丸が布地に押されて痛い。日ごろなら、軽やかに上がる太腿が、睾丸が引き攣れて、上がらない。防備が一瞬遅れた。

そこにまた一発蹴り込まれる。今度は睾丸にヒットした。

「うぅう」

岡田はその場に尻から倒れ込んだ。受け身さえ取れない、最悪の倒れ方だった。

「ばっかじゃねぇの」

そばにいた男たちが、革靴で踏みつけてきた。顔、胸、股間、脛《すね》を五人人ぐらいに強打された。岡田は左の胸だけを手のひらで覆った。ここだけは隠していたい。心臓の防備ではない。スーツの内ポケットに入っている警察手帳だけは見られたくなかった。

後は耐えるしかない。身体を回転させながら、痛みを和《やわ》らげることにだけ専念した。これは拷問《ごうもん》ではない。通りがかりの、言いがかりに近い。ストレスを発散すれば、終わると踏んだ。案の定、数十秒で、後方にいた男が叫んだ。

「いい加減にしておけ。先生方を車に乗せるのが先だ」

その一言《ひとこと》を境にして、足蹴りが終息した。

岡田は切れた唇から流れる血を拭きながら、通りのほうへ目をやった。黒塗りの車がやって来ていた。若者のひとりが後部シートの扉を開けて、待機している。外山と女は、身体を絡め合いながら、車に向かっていた。

さっきまで女の尻に置かれていた外山の手が、スカートの中に潜り込んでいる。局部を弄《いじ》りまくっているようだった。ふたりが車に乗り込んでいく。

――あの女は何者だ？

岡田は息を整えた。集中力と体力が回復していた。さまざまな格闘技を身に付けているSSPが、本気で立ち向かえば、一時的優勢に立つことは容易だ。

隙を見て逃げる。

マッサージ師の姿はすでに見えない。

一番後方で、都議と女を見送っていたふたりの男が、すぐに引き返してきた。

「おいっ、おっさん。アンナのパンツ見たんだから、高いぞ。百や二百じゃ済まねえからっ」

それぞれドレッドヘアーと坊主頭だった。ふたりともスーツこそ着ているが、獰猛《どうもう》な目つきをしていた。後方の坊主頭の男はいつの間にか、金属バットを持っていた。

――突破するしかない。

息を整え終えていた岡田は、いきなりブリッジの体勢を取り、そのまま立ち上がった。股間はバキバキに勃起していたが、既にそれを身体の一部として、受け入れることが出来ていた。臍《へそ》に付きそうになっている勃起の位置を、ほんの少しだけ右寄りに修正して、ドレッドヘアーの男に、回し蹴りを見舞った。遠慮のない、爪先蹴りだ。SSPの革靴の爪先には、鉛が仕込まれている。どんな重い鉄の扉でも、三センチ開けば、こじ開けられる硬度の爪先だ。

その爪先がドレッドヘアーの男の顔面にヒットした。

「くわっ」

鼻柱が折れる音がする。同時に顔面が血に染まった。半グレ風の男たちは怯《ひる》んだ。

彼らから見れば、中年のサラリーマンでしかない男が、突然ブリッジで起き上がり、回し蹴りを繰り出してきたのだ。それも見たこともない破壊力だ。

　むしろ恐怖だったことだろう。

「おらぁあああああ」

　金属バットを持った男が、恐怖に駆られた顔で向かってきた。剣道で言えば右上段の構えだが、胸から下が、隙だらけだった。

　岡田は腰を少し落として、タイミングを待った。金属バットの男が、飛び込んできた。岡田が身を屈めていると勘違いしたに違いない。ちょうど岡田の頭上にバットの先端を振り下ろせる位置まで飛び込んできていた。頭上のバットにばかり意識が集中されていて、股間がまったく無防備だった。

　岡田は軽く右足の膝をあげて、足首を振った。しゅっ。バットが振り下ろされてきた。相手はほぼ七十八センチの間合いまで入ってきていた。飛んで火に入る夏の虫だった。岡田は、男の睾丸を狙って、爪先を上げた。フルスピードで上げた。

　岡田の股下はちょうど七十八センチであった。

　金蔵バットがコンクリートの上に転がる音がした。

「うわぁああああぁ」

坊主頭の男の顔が歪み、濃紺のスーツパンツの間から、アンモニア臭の液体が漏れてくる。ほかの男たちは、凝然として立ちすくんでいた。

岡田はダッシュした。そのまま東京タワーの方に向かって全力疾走した。全力疾走はSSPの日々の仕事だった。いついかなるときでもSSPは全力疾走しなければならない。

したがって、訓練は毎日のようにしている。

ただ、勃起したまま全力疾走したことはなかった。いつもより若干遅い。飯倉片町の交差点を一の橋方面に曲がったところで、岡田はようやく止まった。すでに閉店しているカフェレストランの前で、胡坐《あぐら》をかいて、座り込んだ。

宿直担当の同僚に調べてもらわねばならないことが、三点ほどあった。

まず、地域課に依頼して、十分ほど前のロアビル前が映っている防犯カメラの映像を集めてもらうこと。そして、そこに映っているマッサージ師、熟年の女、半グレ集団の素性を割ってもらう。

さらには都議の外山とそれぞれの関係だ。

スマホを握って、一通りの指示を依頼し終えたときに、頭上で声がした。

「岡田チーフも、こんなところで、酔い醒ましですか？」

聞きなれた声だった。見上げると、そこにＬＳＰの東山美菜が立っていた。ゴールドでキラキラと光る素材のミニワンピースに、薄手の白いショールを纏っていた。地方の結婚披露宴で見かけるような服装だ。さもなければ、郊外のキャバクラ店の支給品とか。

美菜はべろべろに酔っ払っていた。足がふらふらしている。非番なんだから自由だが、誰がこの女をＬＳＰだと思う。

「なんだよ、その格好は……」

いつも黒のパンツスーツでしか見ていないので、呆気にとられた。

「飲み会ですよ……鉄兜と火消しとの飲み会でした」

「合コンかよ……」

鉄兜は陸上自衛隊。火消しは東京消防庁だ。体育会系公務員同士の飲み会は、よくある。お互い、守秘義務がある職業上、民間人とはおいそれと飲み会がしにくい。そのために、このメンツはよく集まるのだ。

「戦果は？」

「狙いは東消《とうしょう》の三十歳のレスキューボーイだったんですけれどね、戦車ガールに持っていかれました」

十五年ほど前。岡田もこうした合コンに参加したことがあるが、陸自の女たちのアタックは結構すごい。

特に富士の裾野にある演習場での、長期間訓練が終わった後などは、とんでもない勢いで、男を的に掛けてくる。

どうやら模擬訓練とはいえ、生死の境目を疑似体験するために、性欲が旺盛になるらしい。この世にいる間に、快楽を貪り尽くしたい、ということなのだ。

「それは残念だったな……」

「来月、〈海猿〉との飲み会がありますから、そっちで頑張ります」

海猿はすでに一般的にも有名な呼び名になったが海上保安庁の保安官だ。

婦警の合コン相手としては〈トップガン〉に続いて人気がある。ちなみに航空自衛隊のパイロットのことを、三十年前の映画にちなんでトップガンと呼ぶ。もちろん、全員が若いころのトム・クルーズのような顔をしているわけではない。

相変わらず刑事は人気がない。任務がきついわりには、陰気なイメージがある。だいたい最近の警察小説やテレビドラマに出てくる刑事や警察官は、地味で翳《かげ》があると相場が決まっている。誰かもう少し、かっこいいイメージの小説でも書いてはくれまいか。『太陽にほえろ』や『あぶない刑事《デカ》』の時代に戻って欲しい。

「というか……岡田チーフ、私を見て勃起しているんですか？」

股間を指さされた。

「違う。おまえを見て発情なんかしない」

「いいわけ無用です。私もいま、ムラムラしています。あのデブな戦車ガールが、レスキューボーイの砲身をあそこに埋めて『射撃はじめっ』とか言っているかと思うと、もうたまりません。先輩、内緒でやっちゃいましょう」

むりやり手を引かれてタクシーに連れ込まれた。

――本当だ。連れ込まれたのだ。

5

「おまえ、なにも婦警の格好にならなくても……」

「いえ、咄嗟に人に見られても、この格好の方が、見過ごされます」

「ていうか……ここはないだろう」

午前四時半。桜田門、警視庁の地下駐車場。駐車場には、ミニパトが五十台、びっしり並んでいた。十台ずつ五列に整列している。見ようによっては婦警が五十人、敬礼しているような光景である。ミニパトは婦警の聖域だ。

岡田はその中の最後列右端のミニパトに連れ込まていた。入庁して二十年。初めてミニパトの中に入った。女子寮に忍び込んだ気分だ。

岡田は一応、勃起の理由だけは説明した。名誉の問題だからだ。ただ美菜は信じていない様子だった。

「女くさいでしょ」

運転席に座った美菜が言う。LSPにも制服は貸与されている。あえて着用した方がよい場面もあるからだ。

「あぁ、女くさい。というか、結構香水の匂いとかするんだな」

「それはそうですよ。婦警もちゃんとメイクしますから。でも私の言っている意味は、違うんです。ミニパトって、おまんこ臭くないですか」

だしぬけに聞かれた。

「俺は鑑識じゃない。その匂いを、すぐに判断できるほど、敏感じゃない」

「ミニパトに乗りながらオナニーする子、多いんですよ」

「嘘だろっ、ふたり乗車だろうが……」

「だいたいの子が、オナニーやるんですから、みんなそれぞれ勝手に、指動かしています」

「検問中にもか？」

「検問中って、ただ見ているだけだから、暇なんです……」

「暇で、オナニーか」

「レズもたくさんいます、まぁ、だいたい両方ＯＫですけどね」

卒倒しそうな気分になった。世間が知ったら、大スキャンダルだ。

「オナ&舐め、しますね」

「なんだそれ……」

「私が、オナニーしながら、チーフのココを舐めるんです」

美菜が手を伸ばしてきて、岡田のファスナーを開けた。勢いよく、男根が飛び出す。

「しゃぶってくれるだけでいいんだぞ。あと二回ぐらい抜いたら、収まる」

「あと二回ですね。出そうになったら、必ず言ってくださいね」

「わかった。顔に掛けたりしないようにする」

「じゃ」

と言って、美菜が制服スカートを捲った。パンストは省略してあった。ナマ太腿の付け根まで見えた。シャンパンピンクのパンティだった。

「制服にその色の下着って、俺なんか違和感あるな……」

白と勝手に思い込んでいた自分が悪いのだが、ピンクで、しかもハイレグ系となれば、婦警の聖性のようなものが、失われてしまっているような気がする。

「あの、ノーパン婦警ってかなり、いるんですが……あんっ」

美菜は右手の人差し指と中指を、自分のパンティクロッチの脇から滑り込ませ、粘膜を弄りだした。

「それ服務規定違反じゃないのか」

「そんな決まりありません。制服はパンストの色までは決められていますが、ブラとかパンティに決まりはありません」

もっともな話だが、男のロマンとしては、白を穿いて欲しい。

「私、かなり濡れてきました。ほら……」

クロッチから指を二本引き抜いて、岡田の顔の前に差し出してきた。粘液にびっちょり塗れている。

「いや、見せてくれなくてもいいから……」

「すみません。秋川チーフにも、よく怒られます。待機中にオナニーはしてもいいけれど、指はきちんと拭くようにって……これ、塗りますね」

美菜が濡れた指を亀頭に絡めてきた。乾いた亀頭に気持ちいい。

「秋川はオナニーを認めているのか……」

だいたい秋川涼子がオナニーとかいう言葉を口にすることが信じられなかった。

「はい。あくまでも待機中です。私らの仕事って警護対象者《ケイタイ》が移動するときが主業務です。ということは、ケイタイが会議室とか執務室にこもっている間は、ほとんどが待機ですよね。退屈で眠くなる時もあります。眠気ざましのためにも、オナニーが一番です」

昇天したら、よけいに睡魔に襲われるのではなかろうか。……どうでもいい。

美菜は右手をパンティの中に戻すと、左手で岡田の男根を扱《しご》きだした。指をくねくねと動かされる。全体の形を確認するように、指の輪で肉胴を何度か上下させ、最後に亀頭冠を手のひらで包み込んできた。

現実とは思えなかった。毎日顔を合わせていた後輩が、いま手扱《てこ》きしてくれているのだ。しかも彼女はオナニーまでしている。昨日まで、まったく予測することの出来なかったことだ。

「でも、拳銃を扱うときに、滑ると困るから、手はきちんと洗うようにって」

真顔で言っている。確かにその濡れた指でトリガーは引かないでほしい。誤射事件でも起こしたら大変だ。

「秋川もオナニーしたりしているのか？」

どうしても聞きたくなってしまった。

「そりゃ、やってますよ……」

その言葉に亀頭がぐっときた。美菜がいきなり舐めてきた。小さな口の中に、亀頭を埋め込んで、やはり小さな顔を上下させている。その間もひっきりなしに、自分の割れ目を弄っていた。

「なんかぁ～クリトリスを弄りながら、ここ舐めていると、錯覚しますね。自分のクリトリスをしゃぶっているような……」

「そんなもんか」

――バカじゃねぇかと思う。

「そんなもんです」

しゃぶりながらだったので、よくは聞き取れなかったが、本人がそういう気持ちなら、それでいい。知ったことじゃない。それにしても、いい舌の動かし方だ。すぐにグッときた。

「あぁ、出る……」

たわいもない会話の中で、一回果てた。

「明日、この車に乗る婦警、きっと発情しますよ。牡の匂いだって」

「すまない」

「じゃぁ、ラスト一回ですね……いそがなきゃ」

午前四時四十五分になろうとしていた。美菜が運転席でもぞもぞと足を動かして、パンティを引き抜いていた。

「東山が脱いで、どうする？」

「残り、一回こっきりですから、直接、穴で……すみません、時間ありません。あと十五分で、第一陣が出動しますから……やっちゃいましょう」

美菜は元交通課なので、ミニパトのスケジュールを知っているらしい。婦警の制服スカートをたくし上げながら、助手席に乗り移ってきた。

「おいおい。口の粘膜だけで、大丈夫だって、言っただろう」

「私だって、べろべろに酔っ払っているんです。そのうえ合コンで気に入った男を取り逃がしちゃたんってですから、もうオナニーだけじゃ、収まりません」

この女、今夜はやる気満々だったのだ。

「ちょっと、チーフの棹、借ります。お互いさまってことで、本件については、秘匿願います」

ぬぽっ、と音を立てて入ってきた。対面騎乗位だ。岡田の砲身が美菜の肉層に包まれる。そのまま美菜のペースで抜き差しされた。早い。抽送がめちゃくちゃ早い。

「おいっ、すぐに出るぞ」

「出しても、私が昇《い》くまで、萎ませないでいでください」

「無茶を言うな。男の肉体構造上、それは無理だ」

「だったら、もっと急ぎます」

美菜がばんばん尻を上下させた。外から見たら、このミニパトは揺れまくっているのではないか。

岡田は天井を見上げながら、美菜に身を任せた。この上にある捜査課や生活安全課では、いまも捜査に頭を悩ませている人間たちが大勢いるはずだった。

「あっ、あんっ、先輩の太いっ」

美菜の口から洩れる声が一段と甲高くなった。間もなくのようだ。岡田の脳内が、ようやくすっきりしだしてきた。薬が粘膜から抜けていっているのだろう。

「出すぞっ」

「いや、あと三回ぐらい、擦らせてくださいっ」

「んんっ。早くしてくれ」

頼んでおいて、申し訳ないと思うが、これぱっかりはコントロールのしようがなかった。岡田は、最後の噴き上げを開始していた。

「あぁあ、だめです。私を置き去りにしないでくださいっ」

ぴーっ。警笛が鳴ったのはそのときだった。岡田は慌てて、美菜の尻を摑んで動きを止めた。ピストンは止めることが出来たが、射精は止められなかった。それほど多い量ではない。間欠泉《かんけつせん》のような噴き上げだった。

出入り口から、二十人ほどの制服婦警が駆け足でやって来た。一列縦隊で、全員腰に手を当てて駆けている。コントを見ているみたいだった。

「午前五時の永田町と霞が関界隈の巡回です」

岡田の肩に顔を埋めたままの美菜が言った。ずっぽり挿入したままだ。

「どうする……」

美菜の淫穴に、花火をあげながら、聞いた。首相を守っているとき以上の緊張を覚えた。陰茎は当然萎み始めた。

「まずは第一班の十台だけです。議員会館や議事堂近辺に駐禁車や不審車がいないか、チェックして回るんです。六時すぎると議員や秘書、それに陳情の人たちがやってきますから、その前に、最初の巡回するんです」

霞が関の朝は驚くほど早い。七時になれば、もはや国会周辺は大渋滞が始まる。

二人一組になった婦警たちが、最前列の車に乗り込んだ。今度はミニパトが一列縦隊になって、出発していった。これもコントみたいだった。

前に四列あったミニパトの車列が一列減った。カーテンを一枚はがされた思いだ。

「まだ前に三列いますよね」

美菜が腰の上下ではなく、膣を収縮させて、男根を刺激してくる。岡田の淫気は完全に抜けていたので、陰茎は平常に戻りつつある。いまは半立ちだった。

「あぁあ、ただし、あと二列抜けたら、まずいだろう。その次は目の前の車にやって来るんだぞ……」

「大丈夫です。まだ十五分、余裕があるはずです」

美菜はまだ抜きたがらなかった。対面騎乗位のまま、ぴったり尻を落として、今度は土手を擦りつけてきた。

「入れたまま、クリで昇きます」

そういうことも出来るのか。とりあえず武士は相身互《あいみたが》いだ。美菜が一気に土手を擦り始めた。尻を縦や横に振っている。

「あぁ……昇くっ」

両方の腿を痙攣させて、思い切り抱き付いてきた。

ぴーっ。再び警笛が鳴った。出入口から大勢の婦警が出てきた。四列縦隊で駆けてくる。

「おいっ、二十人じゃないぞ」

岡田は目を閉じてうっとりとした顔になっている美菜に声をかけた。

「えっ、全車出動なの？」

美菜が結合を解き、助手席側の扉をわずかに開けて、あたりを見回した。スカートの皺を伸ばしながら、小声で言った。

「霞が関一帯で、一斉検問をやる日みたいです。ミニパトは、後方支援のために、検問所の背後の路地に配置されるんです。うまくごまかして、逃げてきた車を止める役目です」

「おいおい……」

とんでもないことになった。

「脱出します。先輩、あの装甲車の裏側に逃げ込みます。全力疾走でお願いします」

美菜が十メートル先の装甲車を指さした。国会議事堂周辺の警備用に待機している車両だ。デモがある日はこいつが出動する。ミニパトと装甲車の間には、十台ほどのパトカーと覆面パトカー、白バイなどが整列している。その背後を走るしかなかった。

「わかった」

飛び出した。婦警がこちらに向かってくる。SPの訓練以上にスリリングな状況だった。どうにか逃げ切った。背中で婦警が叫ぶのが聞こえた。

「いや〜ん。昨日この車、使ったの誰っ！　パンティ、置いていかないでよっ」

第三章　五輪招致疑惑

1

「秋川、この男に見覚えはないか。選挙カーの周りをうろついていたとか……」

岡田潤平がパソコンの画像を指さしている。

涼子はすぐにわかった。

「それ、三軒茶屋のマッサージ店『上海プレス』の店長さんです。名前は田中正明さん」

涼子は映像を見ながら、そう答えた。

午前八時。登庁した途端に一課の岡田に会議室に呼び出されていた。

岡田は都知事恫喝に関する捜査に回っていたが、いちおう都知事警護チームの一員も兼務する形をとっている。そういう意味で、同じチームだ。

岡田と捜査コンビを組んでいる浦田恵里香は一緒にいなかった。彼女に嫉妬している自分を情けなく思いつつも、どうしてもこの感情は捨てきれなかった。

「なんだって⁉　知り合いか」

いつもは冷静な岡田が声を荒げている。それに目も充血していた。おそらく徹夜で捜査に当たっていたのだろう。涼子は続けた。

「はい。三茶《さんちゃ》に中渕先生の選挙事務所があったときに、なんどかマッサージに寄りました。政策秘書さんや、事務所の人たちも、評判がよかったので、みんな行っていたはずです」

評判がよくなったのは、何を隠そう自分と美菜が広めたからだ。

「この映像を見ろ……」

岡田が画像をコマ送りした。ロアビルの前に立っていた田中正明が、エレベーターホールの方へと進み、降りてきた若者たち集団の中に入っていく。

「なんか不自然な行動ですね」

どう見ても一般人にしか見えない田中が、半グレの集団のような若者の中に自ら紛れ込んでいく様子はおかしかった。半グレたちもあえて、道を開けている。

「不自然なのはこの後だ」

岡田がさらに、ゆっくりコマを進めた。知っている顔が出てきた。

「あっ、外山さんと、高畠《たかはた》さん……」

「えっ」

岡田が慌てた様子で画像をストップさせた。高畠亜津子《あつこ》の顔が止まる。

「この女も知っているのか？」

「知っているも何も、健康運動省の審議官じゃないですか。専属ＬＳＰはついていませんが、ケースバイケースで一係の対象になる方です。外国要人ともよく会談しますし、そんなときはうちらがつきます」

「ということは、東京オリンピック招致関係で頑張った人だな」

岡田の眉がピクリと動いた。

「表部隊としては、スポーツ庁の長官とか日本五輪委員会の方たちがロビー活動を展開しましたが、裏部隊として、実務を取りしきったのは高畠審議官です。招致演説ためのスピーチ原稿や演出を広告代理店の『雷通《らいつう》』に依頼したり、外山都議とともに、東京開催における整備計画を練ったのも高畠審議官です」

涼子は知っている限りの情報を岡田に渡した。

「外山とはそういう関係だったのか……」

「実際、勝利できたのはおふたりの努力だったとするのが、霞が関の評価です」

「外山と高畠が出来ているということはないのか」

「まさか。外山さんは、都庁や議会の間でも、下品なことで有名らしいですが、高畠さんは、そんなことはありませんよ。息子さんが、若手の舞台俳優で、最近はテレビにも出るようになったので、定年前退職を希望しています。官僚であることが、かえって息子さんの将来に影響を与える可能性を考慮しているのです」

今回の都知事選では民自党と財界のイチオシだった内務省の事務次官が、やはり息子が国民的なアイドルグループのメンバーであるために、出馬を固辞した経緯がある。

一昔前なら、むしろ息子の方が芸能界を引退したはずだが、いまは逆だ。

国家の役割を担う親の仕事より、国民的な人気の息子の事情の方が優先されるのだ。

もっとも、そのおかげで中渕裕子に白羽の矢がたったのだ。

「高畠亜津子審議官は、お堅いというが、それではこれはどういうことだ」

岡田がマウスを動かした。画像が進む。

「あっ……」

涼子は口を押さえた。

マッサージ師の田中が高畠亜津子の耳の裏側を押していた。その瞬間に高畠がよろめき、外山にしなだれかかっている。

「あのツボ、効くんですよ……」

ちょっと照れた。

自分もあのポイントを押されて、実は昇天していたのだ。不思議なことに自分で押してもどうってことない。

「エロツボってことか……」

岡田が見上げてきた。被疑者を見る目だ。

「いえ、私は、そんな気になりませんでした」

虚偽の申告をした。

そこで岡田のスマホが鳴った。涼子はあえて退席をしようとしたが、岡田に手で制された。聞いても良い内容らしかった。

「なんだって、都知事のマンションで発火だと？」

岡田がスマホを持ちながら立ち上がった。所轄経由で捜査課に入った電話らしい。

「本当ですかっ」

涼子はすぐに秘書の今村知乃に電話を入れた。

中渕裕子は資金力があることから、知事公邸には入居せず、従前通り南青山のタワーマンションで暮らしている。今日の都庁入りは午前中の予定で、涼子は間もなく迎えに出る予定だった。

知乃は電話にすぐに出た。

「どってことないわよ。一階のコンシェルジュに届いた宅急便の箱から煙が出たんだけど、中身は花火……いま消防、所轄署、鑑識がそろい踏みで調査しているわ」

相変わらず落ち着いていた。

「先生は……」

「平気よ。コンシェルジュにも怪我がなかったので、安心しているわ。それとこの件、非公開にしておいたほうがいいって。秋川さんから、明田課長に進言してくれないかしら」

騒がれると、模倣犯罪が起こりやすい。また事件を公表しない方が捜査しやすいというのも事実だった。

四十歳を越えたばかりだが政治家の家に育ち、行政やマスコミを知り尽くしている中渕裕子ならではの判断だ。

広報課長の明田真子。通称アケマンは、六月まで警備九課の課長であり、ＬＳＰの責任者だった。涼子にとっても依頼しやすい上司だ。

「オフにしてくれって言っています」

涼子は岡田に今村の趣旨を伝えた。岡田もすでに事態を把握していた。

「どうってことなくてよかった」

「私、迎えに行く前に、明田課長のところに行きたいんですけど、いいでしょうか……」

まだマッサージ師についての詳細検討が残っていたが、岡田に了承を求めた。

「明田さんか……俺も一緒に行くよ。本件について、ちょっと相談したい」

岡田もパソコンの前から立ち上がった。

「いいんですか。これ新任の西園寺課長からの密命捜査でしょう……」

「どうも、その西園寺課長が気になるんだ。この会議室にひとりこもっていたのは、公安時代のあの人の経歴を調べていたところさ」

「えぇ～？」

「あの人、反社会的宗教団体の担当だったのに『大日本帝国倶楽部』の張り込みをずっとやっていたんだ。そこが気になる」

大日本帝国倶楽部は、戦後間もなくから存在する、古典的な右翼団体だ。

今回の都知事選でも『東京偉人の会』の坂下竜馬に頼まれもしないのに、勝手に応援していたはずだ。

東京偉人の会も相当荒唐無稽《こうとうむけい》で、懐古趣味的な政党であるが、それでもこの東京帝国倶楽部のことは嫌っていた。東京帝国倶楽部は右翼というよりも暴力団と言った方が近い集団だ。したがって公安の対象であると同時に組対課の監視下にもあった。警視庁の双方の組織が反目しあっているために、二倍の人数を投下しているようなものだと思う。

「わかりました。一緒に、広報課に行きましょう」

2

広報課第一会議室。午前八時三十分。

「わかったわ。うまく抑え込むわ」

明田真子がにこやかな表情で言った。広報課長に異動して、まだ二か月しか経っていないのに、まるでニュースキャスターのような顔つきになっていた。

業務は人柄を変える、とはこのことだ。

もっとも警備九課の課長だった頃も警察官僚というよりは外資系貿易会社のキャリアウーマンという雰囲気だった。捜査とか分析よりも、とにかく交渉力に長けている人だ。

「ただし、抑え込むには。交換条件も必要よ。犯人のめどが立ったら、すぐに発表することと、与党新聞になにか、おいしい材料を与えたいんだけど」

明田がにやりと笑った。

与党新聞とは、明田と懇意にしている毎朝《まいちょう》新聞のことだ。今回も明田は毎朝新聞を使って、他のマスコミをうまくコントロールしていくつもりのようだ。

明田が毎朝新聞の社会部と通じていることを、涼子は知っている。

二か月前の伊勢志摩サミット妨害工作の犯人を炙《あぶ》り出したのは実は毎朝新聞の記者だった。彼らが警察よりも先にテロリストの拠点を探り出してくれたおかげで、拉致されていた涼子は救われたのだ。

このことは隠蔽され明田と美菜以外は警備課の人間ですら知らない事実だ。

涼子は岡田に確認せずに、明田に伝えた。

「三軒茶屋のマッサージ店が、中国マフィアか諜報員の隠れ組織になっている可能性があります。今度の発火事件との関係がある可能性もあります。毎朝の森村《もりむら》さんに炙り出してもらうのはどうでしょう」

隣に立っていた岡田が青ざめた。

「おいっ、なんてこと言うんだ。捜査対象をマスコミに渡すなんて……」

普通の警察官なら誰でも思うことを岡田は口にした。だが涼子は前回の事案で警察とマスコミのタイアップ力の凄さを知っていた。

「岡田さん、毎朝の森村さんは裏切りません。それに巨大マスコミの調査能力は、実は公安に匹敵するんです。民間の報道機関の方が、自由に動き回ることだってできるんですよ」

涼子は岡田を説得した。前回の事案で十分体験したことだ。

「たしかに、俺たちだと家宅捜査《ガサいれ》の令状がいるが、奴らは取材と称して、何でもできる」

岡田は理解が早かったが、それでもまだ逡《しゅん》巡《じゅん》しているようだった。

「だがな……こっちも内偵入れる準備をしていたんだがな……俺は面が割れてしまったから、浦田恵里香に行ってもらうおうかと……」

岡田の口から現在の相棒の名前が出た。その名を聞いただけで嫉妬する。

窓外の皇居を眺めていた明田が両手を叩いて、提案してきた。

「その取材、毎朝にやってもらいましょう。それで、発火事件の方は毎朝からミスリードさせます。あのマンションにはほかにも芸能人とかスポーツ選手がいるでしょう。ストーカーが花束に花火を仕掛けて置いて行ったと、スッパ抜かせましょう」

なるほど良いアイディアだと思った。毎朝の森村は腹が据わっている。あえて軽い誤報を出しても、おつりがくるぐらいのスクープを拾えれば、納得するタイプだ。

「いくらなんでも、警察がそんなこと、仕掛けたら、まずいでしょう」

熱血漢の岡田は目を剝いていた。

「ところで、あなたも何か相談があってきたんでしょう。なにかしら」

明田が岡田を見つめた。蠱惑《こわく》的な視線だった。涼子はふたたび嫉妬に胸を焦《こ》がした。

「後任の西園寺課長のことです。なぜ、警備課に転属に？」

「どうしてそんなことを聞くのかしら。役所で人事に関しての質問はタブーでしょ」

明田が鋭い視線を向けた。岡田もにらみ返した。

「これは人事に関しての質問ではありません。捜査です。前任者の明田課長の聞き取りになります」

きっぱりと言った。

――どういうこと？

大日本帝国倶楽部を張り込んでいたというのが、それほど大きな問題なのか。

「……」

明田はくるりを背を向け、ふたたび窓外を見つめた。その視線が銀座方面へと向かう。

「道路工事、急ぐんですよね」

岡田がまた唐突に聞いた。明田真子の尻が、ぷるんっと振られた。

ポーカーフェースだが、核心を突かれると、尻が震える癖がある人だった。本人の口から聞いたことがあるが、あそこが開くのだそうだ。通称アケマンと呼ばれるのは、姓名からだけではない。何か閃《ひらめ》くとアソコが開くからアケマンという説もある。

「築地、突っ切れないかもねぇ」

明田がふと漏らした。

──なんのこった？

「オリンピック、開場変更ですか」

涼子の見えない方向に質問が飛んでいる。

「岡田君。もと公安だっただけはあるわ。人事から人を疑ったわけよね」

明田が背中を見せたまま言った。

「現場の刑事や警察官は、キャリアの方々を、机上論《きじょう》ばかりだと罵《ののし》る習性がありますが、僕はそうは思いません。ときとして素晴らしい机上論を立てる。その最大の知恵が人事に現れるのです」

明田が振り向いた。

「正解っ。その構図で間違いないわよ」

会議机の角に股間を押し付けている。マックスマーラーのスーツのスカートの前を三角形に歪ませて、アケマンを塞いでいる。

「了解しました。マスコミ操作は、僕の知るところではありません。役所は縦割り行政が原則です。広報には広報のやり方があるんですね……捜査協力ありがとうございました」

岡田が深々と頭を下げた。

「それぞれの情報交換はしましょう。きっと最後は凄いミッションになるわね」

「おそらく、僕も腹を括《くく》ることになります」

「……私、絶頂しちゃいそうだわ」

明田がなにげに股間を動かしている。岡田は見て見ないふりをしていたが、にやりと笑って言った。

「ミッション名……〈絶頂作戦〉にします」

「あら、素敵」

明田が顔を顰《しか》めた。

知らん顔して昇《い》ったか。涼子は女同士として厳しい視線を投げつけた。上司であっても、男子の前で角マンするのは許せない。

「秋川さん、前のミッション名、覚えているかしら……」

目を細めながら聞いてきた。

「〈淫蔽工作〉です」

「今日もそれだから」

口に人差し指を当てている。

「岡田チーフ。そろそろ九課に戻りましょう……」

「……だな」

会議室を出た。

警備九課に戻ると、西園寺沙耶が東山美菜と話していた。美菜はなぜか婦警の制服を着ている。昨夜は合コンだったはずだ。うまく男を誑《たら》しこめて、泊まりになったので、黒スーツに着替える暇がなかったのに違いない。

美菜が席に戻ってきた。

「何よ、その格好。今日は都庁での通常警備よ。そろそろ出るわよ」

「あっ、チーフすみません。すぐに着替えてきます」

「夕べはコスプレパーティ？　本物の制服で行っちゃだめよ。服務規定違反だから」

婦警はもとより警察官は制服のままカフェに入ることすら許されない。

制服を着ているということは、イコール任務遂行中ということになるのだ。したがって一切のプライベートな行動は許されない。制服のままコンビニで弁当を買うのすらNGだ。

「合コンでは着ていませんっ。登庁してから、着衣しています。ねっ、岡田チーフ。早出だったから知っていますよね」

美菜が一課の席に向かおうとしている岡田の背中に言った。

「……おぉお、そうだよっ。秋川っ、東山は朝の五時に来た。少し酔っていたが、間違いなく、そのときは私服を着ていた。俺が証言する。なんだったら、調書、書こうか」

岡田が答えた。めずらしく早口だった。

「そうですか……別に、供述書、取ろうってわけじゃないですから、いいです」

涼子は美菜に向き直った。

「で、西園寺課長、なんだって？」

言いながら課長席を盗み見る。先ほどの明田と岡田のやり取りが気になる。しかし現在の九課の課長はあくまでも西園寺沙耶だ。その命令に従うのが、自分たちの立場だった。

「フランス検事局からやって来る女性検事正の警護につくように言われました」

「あらま。いつから？」

「明日の羽田着から離日までです、基本一週間らしいですが、延びる可能性もあるらしいです」

そこに、西園寺が駆け寄って来た。

「ごめんっ、ごめんっ。チーフの頭越しに決めちゃって。さっき外務省から急に要請があったのよ。女性検事正が来るから、マンツーマンでひとり、つけてくれって」

一課に向かって歩いていていた岡田も引き返してくる。

「外務省からですか」

西園寺にそう聞いている。

「そうなのよ」

「目的は」

「東京五輪の警備体制の視察ですって。けど違うわよね」

西園寺が岡田に意味深なほほえみを浮かべている。

「フランスの刑事機構については不勉強ですが、検事が警備視察ってありえますか」

「ないわよ。これサインよ。調べたいことがあるけど、迷惑はかけないから、よろしくってこと……」

「検事ですから、贈賄ですよね」

「そういうこと」

「お隣に知らせなくていいんですかね……それに内調にも……」

お隣とは検察庁である。内調とは内閣情報調査室。諜報専門機関である。

「ほっておいても、張り付いてくるでしょうよ」

「うちは、表警備で、裏行動はナシですか」

よくはわからないが、涼子が推測するに、岡田の質問は、警備課をしながら、その検事正の行確と調査内容を把握するということであろう。

「まぁ、それは暗黙で……」

「で、東山が担当ですか」

岡田は美菜を見た。不安だらけの顔だ。

制服を着たままの美菜が、私じゃ問題ありますか？　という表情で睨み返している。

「公安外事課の伊藤泰助《いとうたいすけ》君とコンビを組んでもらいます。フランス大使館にも知己《ちき》が多い捜査員です。アンダーコップで、表向きは東京パリ交流財団の職員を装っています」

「……なるほど。わかりました」

岡田が引き下がった。それ以上、質問の必要がないということだ。

涼子もピンときた。これは公安の接近諜報活動だ。

おっとりした性格で、しかも事のエッセンスを知ろうとしない美菜のようなタイプは、諜報活動をカバーするには、もってこいの要員だった。

岡田が自席の方へと戻りながら、涼子に目配せしてきた。さりげなく後を追い、ふたりで廊下へと出た。

「やはり西園寺課長はなにか別件を追っている。マークしてくれ」

岡田が小声で言った。

「どういうことですか……」

「広報の明田さんがヒントをくれた。あとは俺たちで、探り出さなきゃ。東山に伊藤泰助の動きを細かく報告するように言ってくれないか。もちろん隠密業務だ。東山もキミの指示なら信頼するだろう」

「わかりました」

正面から浦田恵里香が歩いてきた。

「岡田先輩っ。尿検査行ってきましたぁ」

朝から聞きたくない話題だった。

3

八月十八日午後二時三十五分。羽田空港。

東山美菜は公安外事課の伊藤泰助とともに、フランス検事局のマリアンヌ・フェスを出迎えるために国際線到着ロビーで待っていた。

フランス大使館の事務官も三人ほど迎えに来ている。

伊藤は交流財団の職員を偽装して五年になるという。三十歳。彫《ほり》の深い顔で、雰囲気にも渋みがあった。美菜の好みだ。

美菜はいつもの黒のパンツスーツで来ていた。だが明後日の都知事との夕食会では、

ＬＳＰとはいえ正装することになっていたので、伊藤にアピールするために、少しは悩ましい格好をしようなどと考えていた。

——やりたい男だ。

マリアンヌ・フェスはシンガポール経由での来日である。マリアンヌを乗せてきた機は着陸してすでに十分ほどが経っている。

「間もなく出てくるぞ。外交官特権を使ってやってくる。入国チェックはセキュリティを潜るだけだ」

伊藤が時計を見ながら言っていた。肩や腕の筋肉を見る限り、ＳＰ張りに鍛えられている。公安刑事の中でも、伊藤は武闘派に属することが窺える。表部隊ではなく、潜入専門の任務を請け負っているに違いない。

——早くやってみたい。

「出てきたぞ」

伊藤が言った。声がセクシーだ。

空港警備員に先導され、外務省職員に伴われたマリアンヌ・フェスがロビーに現れた。

空港警備員が、顔見知りの美菜に向かってまっすぐ進んでくる。エル・ジャポンの表紙から抜けてきたような美貌の持ち主だった。美菜は目を見張った。グレーのジャケットに白いタートルシャツ。それにジャケットと同じ色であるグレーのプリーツスカートを着用している。パールのネックスも含めて、見事なパリジャンの香りを漂わせていた。

とても三十三歳には見えない。自分よりも若々しい。

「ここから、警視庁さんに引き継ぎます。よろしく」

中年の警備員が美菜に敬礼する。

「確かに引き受けました」

美菜も敬礼を返す。ここから先、ふたたび空港に戻すまでは、全責任を警視庁が負う。

「こんにちは。お出迎えありがとう」

マリアンヌが美菜を向いて微笑んだ。ナチュラルな日本語だった。東大留学時に身に付けたものらしい。

英語もフランス語も苦手な美菜にはとって、これほど助かることはない。

「検事正の滞在中の身辺警護を担当します。よろしくお願いします」

美菜は姿勢を正した。

「あなた、警視庁のＬＳＰですね。日本のＬＳＰはフランスでも有名ですよ。いろいろ教えてくださいね」

今回の来日目的は東京オリンピック開催時の警備の概要を視察するということだった。もちろん警視庁としても全貌を教えることはありえない。広報の明田課長が中心になって、差し障りのない「表向きプラン」を教え、まだ出来ていない競技施設を案内することになっている。

「まずは、宿舎にご案内します」

東京パリ交流協会の職員を名乗る伊藤がそう言った。宿舎は日比谷の帝王ホテルになっている。

「それより先に、行きたいところがあるのですが……国税庁です」

「えっ？」

伊藤泰助が驚きの声をあげた。外務省の職員たちも顔を見合わせている。フランス外務省から入電されている事前計画にない訪問先だ。マリアンヌが続けた。

「東大時代の友人が何人か国税庁で働いています。久しぶりに会いたいと思って、シンガポールから、個人的に連絡をとりました。公務ではありません。今日は、他に予定が入っていませんよね」

その通りだ。到着日はホテル滞在のみとなっている。明日、国立競技場の建設現場と有明界隈を視察することになっており、明後日は都知事との夕食会となっている。警備上、もっとも重要となるのはこの夕食会となっていた。

「申し訳ありません。国税庁には、アポイントメントを入れておりませんので……今日の今日では、ちょっと難しい調整で……」

伊藤が答えている。外務省職員たちも頷いた。

国税庁は霞が関の中にあって、唯一、孤立主義の役所だ。財務省や検察庁からも疎《うと》ましがられている。

なんといっても総理大臣や全閣僚、それに各省庁の事務次官クラスの個人的な懐《ふところ》具合をすべて把握している役所である。もちろん大企業の資金の流れにも関しても、ほぼ把握している。それをどう運用するかは彼らの腹ひとつである。

怒らせたら一番怖い役所、それが国税庁だ。

伊藤がどこかに連絡していた。しかし天下の公安警察官でも国税庁はアンタッチャブルの場所のはずだ。下手なことをしたら、彼らは捜査の必要経費の詳細にまで口出ししてくることになる。

「あら、国税庁の中になんか入らなくてもいいの。友達、半休を取って出てくるから、近所でお茶を……」

言いながら空港の外に向かって歩き始めた。美菜は慌てて背後についた。黒塗りの公用車が三台待っている。外務省の手配車だ。マリアンヌは最後尾車に乗せることになっていた。

美菜が先導して歩道をすすんだ。そのときだった。空港ビル前の車道に、二台のワゴン車が滑り込んで来た。黒塗りハイヤーの列の背後に付くと、いきなり扉が開けられて、数人の男たちが飛び出してきた。

全員作務衣《さむえ》のような格好をしている。五人ほどだ。小柄だった。先頭の男が中国語で何かを言った。よく聞き取れなかった。つづいて、もう一台のワゴン車からも同じ格好をした男たちが降りてくる。総勢十人以上だ。

ひとりがわき目も振らずに美菜の前に走り寄ってきた。

「えっ」

美菜の顔面に、足蹴りが飛んできた。

鼻柱を思い切り蹴られた。相手は空手かテコンドーの達人みたいだ。

――なによ、これわけわかんない。

あまりに咄嗟のことだったので、まったく守備態勢を取れなかった。美菜は顔を押さえたまま路面に倒れた。

男たちはマリアンヌの腕を摑んで、ワゴン車の方へと引き込もうとしている。伊藤が一人の男に飛びついていた。空港警察の制服警官もやって来てもみ合いになった。

美菜は顔面を打たれた衝撃で一瞬、気を失いかけていたが、それでもどうにか立ち上がった。すぐに男たちの輪の中に飛びこんだ。

マリアンヌだけは何とか守り抜かなければならない。あえてマリアンヌにタックルをして、地面に重なり合って倒れ込んだ。

「申し訳ありません。しばしうつ伏せに……」

そう言って警護対象のマリアンヌをコンクリート上に這わせ、自分がその上から覆いかぶさった。守りの手法のひとつである。見ようによってはセックスのバックスタイルだ。

美菜の背中、尻、脚に蹴りが飛んできた。後頭部にも靴底が当たる。

──守り切る。

自分が打撲でボロボロになろうが、脳挫傷で死のうが、絶対に対象者を守り切って見せる。美菜は任務に関しては実直だった。

美菜はマリアンヌの後頭部には自分のバストを重ねて守った。もっとも安全な守り方だと思う。

その後もめちゃくちゃ蹴られた。中にはあえて股間を狙って蹴ってくる者もいる。女陰をドスンドスンと蹴られた。

――お願い、おまんちょは、壊さないで……でもクリを潰すのはいい。

この期に及んでも、そんなことを考える余裕がまだあった。

美菜は時おり平泳ぎのときのように足を拡げた、ガツンと股間に爪先が入ってくる。

――痛いっ。でもちょっと気持ちいいかも……。

苦しいときにはエロいことを考える。美菜の座右の銘だった。

「あぁっ」

美菜の下で、マリアンヌが悲鳴をあげた。首を曲げて後方を見ると、マリアンヌの股間にも中国人と思われる男の足が入っていた。プリーツスカートがすっかり捲れ上がって、光沢のあるピンクのショーツが暴露されている。ハイレグだった。股布が食い込んで肉丘が見え始めているようだ。

――外国からの賓客がハミまんはまずいっ。

美菜は右手を伸ばしてソコを隠してやった。蒸れた感触を得た。クールなマスクのパリジャンもあそこはホットだった。

マリアンヌの股間に重ねた手の甲に容赦なく足底や爪先が当たる。美菜の人差し指が股布の脇から、ぬるっ、と女の泥濘《ぬかるみ》に嵌《は》まってしまった。偶然だ。

「あぁあ……」

マリアンヌの声のトーンが変わった。悲鳴なのだけれどちょっと艶《なま》めかしい。どさくさに紛れて、美菜はちょっと指を動かした。人差し指を尺取り虫みたいに這わせると、すぐに尖ったポイントが見つかった。穴に入れるとバレるが、クリ刺激は偶然だと言いきれるだろう。

こちょ、こちょ、と擽《くすぐ》ってやった。

「あんっ、あっ」

マリアンヌが首を振っている。しっかり目を瞑《つむ》っている。こういう修羅場では、別なことに夢中になった方がいいと思う。美菜は自分自身は蹴られながらも、マリアンヌの突起を優しく刺激し続けた。

それにしても、鮮やかな動きをする暴漢たちだった。まるで香港のカンフー映画を観ているような動きだった。制服警察官たちが警棒で応戦しているが、それすらもかいくぐってしまうスピードだった。

この男たちはただ者ではない。伊藤も奮闘していたが、ふたりを相手にするのが精いっぱいのようだった。とうとう空港の周囲に配置されている機動隊の装甲車が出動してきた。

すると男たちは、マリアンヌをあきらめて、一斉にワゴン車に引き返し、素早く逃げていってしまった。制服警官が二台のワゴン車のナンバーを控えていた。

4

「来日されたばかりだというのに、危険な目に遭《あ》わせてしまって申し訳ありません」

公用車の後部席にマリアンヌと並んで座ったところで、美菜は詫びた。暴漢にやられた傷は幸い大事に至ってはいなかった。身体だけは丈夫なのだ。

最後尾の車には美菜と伊藤だけが同乗した。

外務省職員が先頭車。間の車にフランス大使館関係者が乗っている。暴漢に遭ったばかりだから、所轄署がパトカーを付けることを申し出てくれたが、マリアンヌがこれを断った。

「いえ、私が情報を出さなかったから、みなさん無防備だったのです。謝るのはこちらです」

マリアンヌが肩を竦《すく》めた。なんとなく股間がもやもやしているのか、脚をモゾモゾと組み直していた。

「情報とは？」

助手席に座っていた伊藤が振り返った。

「シンガポールでも襲われました。中国人の集団でした。いまの人たちと同じようにカンフーを使っていました」

「何か理由はあるのですか……」

伊藤が顔を顰めている。

「中国政府の上層部の中に、フランスの動きを嫌っている人たちがいます。その嫌がらせでしょうね」

「フランスのどんな動きにですか……」

「我々の政府は特に中国を敵視するような政策は取っていません。ただ、民間は別です。パリの高級ブランド店では、中国人の団体客を断っている店もあります。すみません、八〇年代の日本人も一部お断りしていたみたいですね。あの頃は申し訳ありませんでした。フランス人は、気位の高さだけを売り物にしているので、ときとして、そういうブランドで政策を取るのです。でもそれは政府の方針ではありません。あくまでも民間のそれぞれの立場における商売のやり方です」

美菜は多少日本もそうあって欲しいと思った。団体客で潤うから、無秩序には目を瞑るでは、情けなさ過ぎる。

日本は日本の伝統的秩序やマナーを守るべきだ。

「たったそれだけのことで、あれほどの襲撃をかけてきますかね」

伊藤は振り返ったまま聞いているが、あくまでも穏やかな顔していた。

「マリアンヌさん、シンガポールにお寄りになったのは、どうしてですか」

とぼけた顔して核心をついているのだと美菜は感じた。マリアンヌの身体に緊張が走ったのがわかった。警備警察官は対象者の心理、身体のこわばりに敏感なのである。

「私、シンガポールにも国税庁に友人がいるんですよ。その友人も東大留学のときに出来た友人です。久しぶりのアジアですから、ちょっとラッフルズによってランチしてきました」

「そうですか……シンガポールでも税務署の方と……」

伊藤が笑った。しかしマリアンヌはその伊藤を鋭い眼差しで見返した。

「ムッシュ伊藤。あなたは、交流団体の方ではないですね。日本には諜報員は存在しないはずですけどね……」

見破っている。

「いやいや……なんてことをおっしゃる。僕はそんな立場の人間じゃないですよ。観光と文化の相互促進を図るためだけの仕事です」

伊藤はすぐに座席に座り直し、フロントガラスの前方を見ていた。車は台場から都心に向けて進んでいる。

「美菜さん、身体は大丈夫ですか。あちこち、蹴られたでしょう」

マリアンヌが背中を撫でてくれた。その手が次第に腰に伸びてくる。

「私も、もう少し空手を習得しないとダメです。あの中国人たちのカンフー凄かったです。速さが違う」

「いえ、あの人たちは、中国人ではありませんよ。私をシンガポールで襲った人は、間違いなく中国の情報機関から派遣された華僑マフィアだったと思うけれど、いまの人たちは違う」

マリアンヌが言いながら、美菜の尾骶骨《びていこつ》のさらに下側に、指を這わせてきた。美菜はほんのわずかに尻を浮かせた。座席と股間の隙間に、マリアンンヌの指が侵入した。

そのまま美菜が尻を下ろすと、細い指先が見事に女の割れ目にあたる。黒のスーツパンツの上からだが、くの字に曲げられた指で、割れ目をくじられる。くいっ、くいっ、と花芯のあたりをくじられた。なんともじれったい。突起でも穴でもないその中間をくじられて、美菜は徐々に感じ始めてしまった。

「でも、中国語を喋っていましたよね。私には北京語と広東語の区別もつきませんが、少なくとも韓国語ではなかったようです」

美菜は尻をくねらせながら答えた。

「はい。使っていたのは北京語ですが、およそネイティブの発音ではありませんでした。あの人たち、たぶん、日本人ですね。チャイナマフィアに見せかけた襲撃。たぶんそうです。美菜さん、桜田門に戻ったら、上層部にそう報告なさい」

目の前の席で伊藤の肩が大きくぶるんと震えるのを美菜は見逃さなかった。おそらくマリアンヌもはっきり見たことだろう。

「日本にもフランスが動き回るのが嫌な人たちがいるみたいですね。私は四年後の警備計画を伺いに来ただけなんですよ。あくまでも二〇二四年のオリンピック開催立候補都市として、プレゼンテーションに生かすための視察です」

「明日、会場を回りながら広報課長が、いろいろとアドバイスをしてくれるはずです。広報課長は、二か月前まで、警備九課の課長でした人ですから、お国のプレゼンテーションに役立ちそうな観点からお話をされると思います」

美菜は明日久しぶりに、明田真子と現場に立つのを楽しみにしていた。

「そうですね。明田さんのことは、中渕先輩からも聞いていますわ。とても優秀な警察官僚だと……」

都知事の中渕裕子と元上司の明田真子は、やはり東大法学部の先輩後輩として親しい仲だ。マリアンヌも留学生とはいえ同じ東大。ふたりの後輩ということになる。

「明後日は中渕知事との夕食会ですね」

美菜は割れ目をくじられながら聞いた。自分も手を出すべきどうか迷うところだ。

先ほどは偶然を装った。いまはそのお返しをされている。果たして、ここで一介の警護担当者が他国の公式訪問者のおまんこを弄《いじ》っていいものか……。

「その夕食会ですけど、公式にはキャンセルして、プライベートでひっそりとやりたいのですが、いかがでしょう。ムッシュ伊藤、先を行く二台の車に手続きをお願いします。先ほどのようなことがあったので、都知事には迷惑をかけたくありません。内密に相談したいこともあります。ふたりだけで会いたいです。今日はこのままホテルに入っていただいて結構です。国税庁の友人には、夜、来てもらいます」

マリアンヌがそう主張した。

「わかりました」

伊藤が前を向いたままメールを打っている。

マリアンヌがその隙を狙っていたのか。いきなり美菜の手を握り、自分の股間へと導いた。むわっ、と生温かい感触がした。美菜は穴をほじった。フランスの検事正の細い肉路はドロドロの液で濡れていた。

車は次第に都心へ入った。

「懐かしい……東京だわ……」

マリアンヌがうっとりとした表情で窓の外を眺めていた。女の一番気持ちいい場所を弄られて、うっとりとなっているのか、それとも久しぶりの東京の景色に心を打たれているのかは、察しようがなかった。

「ところで、広告代理店の雷通は、どちらにあるのでしょう」

肉穴を収縮させながら聞いてきた。美菜の指は、もうふやけてしまいそうなほどになっていた。

「汐留《しおどめ》です。ホテルがある日比谷からさして遠くはありません……」

美菜が答える。マリアンヌの指も執拗に美菜の割れ目を行ったり来たりしている。

しかし、美菜はあくまでもスーツパンツを穿いているので、直接のタッチではない。もう焦《じ》らされて、欲求不満が限界まで達していた。

突然伊藤が振り向いた。

「マリアンヌさん、どうして雷通のことなど聞くのですか……て、失礼しました」

と言ってすぐに身体を捻り、視線をフロントガラスの方へと向けた。

もう霞が関出口だった。

伊藤にマリアンヌは、両膝をかなり広げていたので、美菜の指先がショーツの間から潜り込んでいるところまで、見えてしまったことだろう。少なくともはみ出た左右の肉丘を目撃したのは間違いない。

どうせもうすぐホテルだ。美菜は、指を激しくピストンさせた。日仏親善ピストン。そんなことを考えた。

「あぁ……雷通って、東京オリンピックの開催に当たって、さまざまなコンサルティングをしていたのだそうですね……あぁ……うっ……フランスには、それほど優秀なコンサルティング会社はないのよ。デザインなどの分野では優れた広告会社があるけど、日本の雷通みたいに、国際的イベントを丸ごと取り仕切ることができる会社なんてないわ」

「日本では、単に広告会社ということになっていますが……」

伊藤が前を向いたまま言っている。

「私たちの認識では、雷通は、政商ということになっています……ああ、美菜さん……私いく……」

「雷通にですか？　それともホテルにですか？」

美菜はマリアンヌの肉層の中で、人差し指を最速で動かした。

5

霞が関でもっとも食事が美味《おい》しいとされる農務省職員食堂。美菜はここで先輩の秋川涼子と岡田潤平と待ち合わせていた。

「中国人ではないと……」

鱸《すずき》の煮付け定食を食べ終えた岡田が、首をひねった。

「でもカンフーみたいな動きをしていたんでしょう……北京語を使って」

涼子はコーヒーだけを飲んでいた。

「そうなんです。でもマリアンヌさんは、あれはネイティブな北京語ではないと。日本人があえて中国人を装っているんじゃないかって」

美菜が答えた。金目鯛《きんめだい》の煮つけをちょうど食べ終わったところだった。緑茶で一服する。新茶だった。さすがは農務省。お茶も美味しい。

「直感として、どうだったの？　日本人っぽいところあった？」

涼子に問われた。先輩の涼子はよく『直感としては、どうだ？』と聞いてくる。

捜査員ではない警護警察官は、常に見えない敵と戦っている。そこでもっとも必要なのは、直感力と反射神経となる。

「微妙ですね。私を蹴っているときに、ほとんど言葉は発しませんでしたから。蹴り方で、国の特徴を判断するのは難しいです」

「襲撃犯は、そもそも会話をしないものだしね」

「マリアンヌさんは、シンガポールでも、中国人に襲われたと言っていました。そもそもなぜ、中国人がフランスの検事を襲うんでしょう」

美菜は首を傾げた。捜査そのものは苦手だった。岡田が一度コーヒーを取りに立ち上がり、戻ってきて美菜に言った。

「マリアンヌ検事の来日目的は、決して東京オリンピックの警備視察ではないということだよ」

「そういえば、今夜、国税庁の友人と会うと言っていました。シンガポールの国税庁にも友人がいて、お会いしてきたと言っていました」

「なるほど……」

岡田が頷いた。

「それって、なにか裏があるのですか」

美菜には合点がいかない。涼子が腕を組んだ。

「私にもよくわからないけれど、検事の目的は、警備ではなく、税金の視察なのではないかしら」

「ズバリ。それだよ」

岡田が涼子の顔を指さして、納得した顔をした。

「自分だけ、納得しちゃわないでくれますか。私たち体育会系女子にもわかるように説明してください」

涼子の方は不満顔だ。

「いや、俺も体育会系だからさ……」

「でも公安にいたことあるじゃないですか」

美菜が言った。公安は警視庁のなかでもエリート刑事の集団だ。岡田は国立大学の体育学科卒業であった。

「国税を洗うというのは、なにか特定の資金の流れを調べたいということだ。おそらく、立件したい何かがあるということだ」

「それで今夜、東大時代のお友達に会っているんですね」

「いくら会っても、それは無駄だけどね」

岡田が笑った。コーヒーを飲んだ。

「農務省のコーヒーはやはりうまい。霞が関の役所はそれぞれ自慢があるが、食に関しては、やっぱり農務省でしょう」

「どういうことですか」

涼子がムキになっている。農務省の職員食堂はある意味セイフハウスとして使っている。ここであまり回りくどい言い方をして欲しくないという顔だ。美菜も同感だった。

「霞が関一、いや日本一、口が堅いのが国税庁さんだよ。仲間の役人同士とも付き合わない唯我独尊の公務員である国税庁職員が、同級生ごときに、何かを話すなんてことはありえない」

そこまで言って岡田はじっと考え込んだ。

農務省の職員が何人かやって来てすぐ近くのテーブルに着いた。商務省の職員と一緒だった。話し声が聞こえてくる。

「どうよ、このコーヒー」

商務省の人間が聞いている。

「アフリカ産がここまで進化しているとは思わなかった」

農務省の人間が答えている。

「コーヒーが南米の独占の時代はいずれ終わるね。日本としてもアフリカに手をつけないと」

商務省の人間は霞が関では商社マンと呼ばれている。

各省庁に様々な商品、あるいは利権を売って歩くことが多いからだ。会話から、政府がいかに素早くアフリカの利権に着手したいかが垣間見えるが、美菜の知識では、それがどれほど大切なことなのかまでは、わからない。

「ほっておくと、すべて中国に持っていかれる。日本もさっさとアフリカのコーヒー農場を押さえ込みたい。これは農務と商務で一緒にやらないか」

岡田と涼子が話を聞いて、目の前のコーヒーを飲み直している。美菜は、中座して、食券販売機に向かった。コーヒーを押す。紙コップを手に、ふたたび、ふたりの先輩のもとへと戻った。

「マリアンヌ検事だって、日本の国税庁職員がそんなに簡単に何か教えてくれるとは思っていないさ」

「だったら、なんで、わざわざ来日早々に行きたいって言ったんでしょう。それも、出迎えの人間たちのいる前で」

涼子が首を傾げている。美菜がまったく気が付かなかった観点だ。

「先のスケジュールが混み合っているから、まずはお友達と旧交を温めたかったのではないでしょうか」

美菜は言った。コーヒーを飲みながら言った。美味しい味だった。

「到着早々、リトマス試験紙を使ったってことはないかな」

岡田が、コーヒーを飲み終えた。これはコロンビア産だろうと言った。アフリカのコーヒーではなかったのだ。

「リトマス試験紙？　何のために……」

涼子が緑茶に手を出した。これは静岡産ね、と言っている。

リトマス試験紙という表現は、警察ではよく使う。判断が迷うときに、さりげなく反応をチェックするために、何らかの仕掛けをすることだ。理科の実験で用いるリトマス紙に引っ掛けてこう呼ぶのだ。

「送迎員の中に、自分を監視している人間を見つけ出すためにさ」

「なるほど」

涼子が同意した。美菜にもようやく話が見えてきた。

「国際社会は甘くない。たとえ友好国であっても、自分が歓待されているとは限らないから、最初にテストしたんだろうよ」

「それで、車に乗り込む前に、開口一番、国税庁へ行きたいって言ったんだわ」

美菜が思い出しながら話すと、岡田が聞いてきた。

「伊藤泰助の動きはどうだった？　ちゃんと応戦していたかな」

「もちろんです。暴漢のひとりにタックルして完全に倒していました」

美菜は答えた。伊藤は猛然とひとりに抱き付き、完全に動きを止めていた。

「タックル？　伊藤は蹴りを使わなかったのか……」

岡田が怪訝な顔をした。

「いいえ。それは見ていません」

「それと伊藤は、中国語を使わなかったのかい？」

「いいえ。それも聞いていません」

「公安刑事だって格闘の訓練は受けている。その局面で足蹴りを駆使しないのはおかしい。しかもあいつは北京語も広東語も堪能なんだ。一時は中国担当だったはずだし……」

岡田にそう言われて、美菜の頭の中で合点がいくことがいくつもあった。

「そういえば、マリアンヌさん、車に乗ってから、伊藤さんのことを、あなたは諜報員ではないのかと、いきなり言っていました」

岡田の目が光った。

「完璧に読めた。マリアンヌ検事の方から宣言したんだよ。自分の本当の任務を」

「どういうこと？　でもちょっと待ってください」

涼子が席を外し、トレイに三人分のコーヒーカップを載せて戻ってきた。ショートケーキも加えられている。

「脳にカフェインと糖分を同時に回さないと、考えが追いつかないわ。岡田チーフ、話を進めてください。これ、私のおごりです。わかりやすく教えてもらうための、授業料です」

「暴漢に襲われたとき、彼女はしっかりと、それぞれの対応を見ていたんだ。どの国でも検事ほど観察眼が優れた職種の人間はいない。彼女は、そのときすでに、日本側が自分の任務が単なる警備視察ではないということを察知していると踏んでいた」

「まぁ、当然だと思いますけどね」

涼子がショートケーキの苺から食べている。美菜には信じられなかった。美菜は苺を最後に食べるタイプだ。

「その当然をあえて知らせたのは、なぜだと思う？」

岡田は苺をフォークで半分に切り分けていた。各自さまざまだった。

「まったくわかりません」

「私もです」

涼子と美菜は同時に答えた。

「さっき国際社会は甘くないと言ったけれど、逆に言えば国際儀礼ということもある。つまり、フランスとして捜査したいことがあるが、日本には迷惑をかける気はない、ということだ。彼女はその信号を発したんだ。それも諜報員と見立てた伊藤にね」

「えっ、どうして伊藤さんになんですか」

「そうとしか考えられないだろう。車に乗ってから言ったんだろう。車の中には伊藤と東山しかいないじゃないか」

美菜はうっかり、自分はマリアンヌのアソコを触っていた、と言いそうになったが、どうにか踏みとどまった。

「身体中を蹴られても、自分を守った東山を敵だとは思わない。逆に、その同僚を助けにも来ないで、たったひとりの暴漢だけを相手にしている男って、変だと思わないか？」

言われてみれば、そう思う。たしかに自分を救う手立てはいくつもあったはずだ。これは解《げ》せない。

「マリアンヌさんは、広告代理店の雷通のことも聞いていました。オリンピック招致に関するコンサルティングをしていたはずだと……」

「伊藤はそれに対して何と答えていた？」

「ただの広告代理店でしかないと……しかしマリアンヌさんは、フランスでは雷通を政商と見ていると告げていました」

「そこまではっきり伊藤に告げたのなら、間違いない。マリアンヌ検事は日本から国際陸上連盟に支払われたとする不正送金を追ってきている。ただし、そのことに関して、日本政府には迷惑をかけないということだ」

岡田がきっぱりと言ってコーヒーを口にした。続いて、おや、これはアフリカ産かもしれないと言った。涼子が、アフリカ産もなかなか美味しいですね、と付け加えている。

「迷惑をかけないと言っているんだったら、それでいいじゃないですかね」

美菜もコーヒーを飲んだ。南米産とそれほど変わらない味だった。ということは、どっちを飲んでもいいということだ。

「フランスの本音はこうだ。そもそも国際的な贈収賄なんて、そうそう立件できるものじゃない。要は国際陸上連盟の会長たちが、当面身動きできなくなればいいんだ。その間に次期開催都市をパリに導こうと、さまざまな工作をするはずだ。それはあくまでもフランスの内政さ」

「では、シンガポールや羽田でも襲ってきた連中は何者なんですか……」

「シンガポールは中国の手先。これは間違いない。中国もシンガポールのコンサルタント会社を使っていたんだろう。ほじくられて暴露されたら困る。だから、フランスに暗黙の圧力をかけたんだ。あの国の工作機関がよく使う手だ。示威行為だ。まっ、やくざの脅しさ。そうすると、俺が中国大使館の書記官から受けた威嚇にもつながってくる」

「フランスは中国の内政には干渉するんですか？」

「アフリカでの利権の奪い合いをしている最中だ。日本と同じように友好的に付き合っているわけではない」

「ということは、中国サイドはまた、マリアンヌさんを狙ってきますね」

「来る。間違いない。ただし、敵は中国だけではないとことがわかってきた」

「羽田で襲ってきた連中はあくまで、違うと」

「違うようだ。伊藤泰助を徹底マークだ。それに西園寺課長。このふたりは間違いなく繋がっている。ここは明田前課長に頼もう。内部調査だ。上司の調査となれば、俺たちでは限界がある」

「明日、マリアンヌさんの視察に明田課長が広報として案内役を務めます。なにか進展するかもしれません」

美菜はただならぬ局面の警護を任されたことに、プレッシャーを感じた。

「二種類の敵がいる……それって不気味ですね」

涼子がため息をつきながら、ショートケーキの残り全部を食べていた。

そのとき岡田のスマホが鳴った。着メロがやけに古い。V6の『WAになっておどろう』だった。

「そうですか……わかりました。いえ捜査権はそちらにありますので、我々は関知しません。えっ、東山美菜の被害届ですか？　いや仮にも警備警察官ですから、任務中に襲撃されたことをいちいち届けていたらきりがありませんよ。ええ、それは大丈夫です」

岡田がスマホを切った。

「所轄署からだ。現場から逃亡したワゴン車の照会結果を教えてくれと、頼んでいたんだ」

「で、わかったんですか?」

「ああ、盗難車だったというんだ。すでに被害届が出ていた車だそうだ」

「どこから盗まれたものだったんですか」

美菜は聞いた。ついに苺を食べたところだ。

「二台ともに、横浜の中古販売センターから盗まれていたものだそうだ。それも一昨日だ。この襲撃のために盗んだのは間違いなろう」

岡田は半分以上残したショートケーキをそのままにして立ち上がった。

第四章　見えない手

1

幸いなことに中渕裕子都知事は、この日は一日中都議会に身体を取られることになっていた。

『私、パンドラの箱を開けちゃったみたい。なんだかさ、築地から豊洲への市場の移転にベンゼンとか土壌に関する本質的な問題が出てくるとは思ってもいなかったんだよね。まいった、まいった。こりゃ、どうやってもオリンピック関係の工事は遅れるわ……』

秋川涼子が控室から送り出す直前、新都知事はすっかり肩を落としていた。

市場移転が、容易ならないことに発展しそうなのだ。

中渕知事としては、あくまでも築地の跡地に通す予定であった道路や、その先に出来る有明界隈のオリンピック施設に関する工事はいったん止めるものの、国際オリンピック委員会との公約や、国家的信用を優先させるため、という大義名分を掲げ、二か月後ぐらいに、元の鞘《さや》に戻すつもりであった。

建設工事に関する利権疑惑に関しても、再調査したうえで「問題なし」のお墨付きを与えるつもりでいた。

演出プランはそうなっていたのだ。

このシナリオを描いたのは、民自党幹事長の石坂浩介である。

涼子が思うに、これは民自党も中渕裕子も、どちらも得をする一石二鳥プランだ。

経済政策が思うように効果を発揮していない民自党としては、東京オリンピック成功をスローガンに掲げて、さらなる公共工事の促進を図りたいところだ。

しかし、一部の利権議員の強引な建設誘致や工事費の膨張がマスコミに叩かれ始めていた。さらには、総理大臣がみずから演説して獲得した東京オリンピックの開催に関して、裏金工作をしたという話まで出ている。

内閣支持率の高いうちに、蓋《ふた》をしてしまう必要があった。

そのために知名度の高い、しかも清新なイメージの知事の誕生が不可欠だった。

前知事が失墜しそうな空気に包まれた五月下旬ごろから、石坂浩介は中渕裕子に白羽の矢を立てていた。

――ただ公認するだけでは、インパクトに欠ける。ということだったんだわ。

そこで、中渕裕子がスタンドプレイに走る案を出した。これは石坂の案だ。民自党執行部の中には、現在の都連に関する不満もあった。

都連の幹事長が、都議会を牛耳るのは当たり前だが、国会議員の利権にまで手を出してきているのは、許せなかった。

ここらで、威嚇しておく必要があった。あくまでも、調子に乗りすぎないための警告を含めた威嚇である。

中渕裕子が得した部分は、イメージチェンジである。

あえて民自党を飛び出して〈崖《がけ》から飛び降りる思い〉と言って立候補した中渕裕子には、かつての〈お嬢さま大臣〉のイメージが消えていた。

まだ四十代とはいえ、本来は親の七光りを背景にしたバリバリの利権政治家であったはずの裕子に、なぜか都民は清新なイメージを抱くようになったのだ。

これこそが都民、ひいては国民のガス抜きを図ろうとした石坂浩介幹事長の、名演出だったわけだ。あの幹事長はただ者ではない。

身辺を警護する涼子から見れば「スケベな四十路《よそじ》熟女」でしかない中渕裕子だが、歯切れよく都連や守旧派の都議たちを批判する姿は、それなりの知識に裏付けされており、見ようによっては、アメリカ大統領候補のヒラリー・クリントンに重なって見える。

事実、中渕裕子はヒラリーの信奉者だ。

ところが、就任と同時に狂いが生じてしまった。築地市場の移転先である豊洲の土壌から環境基準値を超えるベンゼンとヒ素が検出されてしまったのだ。

利権とはまったく別角度の食の安全に直接かかわる問題に発展してきてしまったのだ。

その上、本来盛り土するはずだった場所が空洞になっていたという、とんでもないことまで発覚してきたのだ。

『こりゃ、まずいでしょ。オリンピック、延期してもらえないかなぁ。八月開催を十二月にしてくれるとかさぁ。二〇二〇年中にやれば、いいってわけになんないのかな』

中渕裕子は、今朝、そんなことまで言っていた。

ポーズで待ったをかけた都知事も引くに引けなくなり、落としどころさえ見えなくなってしまったのだ。

——都議会中にオナニーとかしちゃわなければいいんだけど。

都知事は当選以来、一度もセックスをしていないはずだった。

相当な欲求不満を抱えているわけで、涼子が思うには、彼女の性格上そろそろ性衝動が爆発するころだった。

『明日の夜はフランス検事局のマリアンヌと会食だったわね。フランスとの談合になるわ。楽しみよ。秋川さん、マリアンヌとの会食が終わったら、絵画館前の銀杏《いちょう》並木に行こうと思うの。夜に見る銀杏並木っていいのよ。車を三十分ほど止めて、私をひとりにしてちょうだい』

議場に向かう前にそう言っていた。

カーセックスするんだ。相手はきっと民自党のプリンス大泉《おおいずみ》清次郎《せいじろう》に違いない。

彼女がヒラ議員だったころからの、やり友だ。

銀杏並木の通りに双方の車を止めて、大泉清次郎が中渕知事の車にやって来るのだ。

——なにが夜の銀杏が見たいだ。久しぶりに、やり友の亀頭を入れたいだけでしょう。

胸底でそう呟いたが、それでガス抜きになってくれれば、幸いだった。都民のガス抜きをするまえに、まず御自分のエロガスを抜いて欲しい。

担当の中渕都知事が一日中議会に拘束されるとあって、涼子は夕方まで都庁を出ることにした。

有明のオリンピック施設建築予定地に向かうことにする。

フランスからの賓客マリアンヌ・フェスが有明を視察しているので、その警護チームに合流するのだ。

明田真子広報課長が、四年後の警視庁の警備体制を伝えることになっている。マスコミに発表する表向きの警備体制だが、フランスから来たマリアンヌ検事正も役人である。どのみちそれが、本当の警備体制ではないことを知っての視察のはずだった。

ふたりのやり取りを聞きたいという好奇心もあったが、それ以上に、警視庁の警備課員として、オリンピックに使用されるであろう会場予定地とその周辺を把握しておきたかった。

都庁を出た涼子は地下鉄大江戸線を利用して汐留に出ることにした。汐留からはゆりかもめを使う。

東京は地下鉄が縦横に発達して、アクセスが良くなったが、駅の構造はめちゃくちゃになった。大江戸線のために出来たこの「都庁前」はともかく、さらに副都心線が乗り入れた新宿駅などは、母屋《おもや》そのものを直さずに増築ばかりを繰り返した旅館に似ていて、迷路のように入り組んでいる。

犯罪者が攻めるにも、逃げるにも、格好の場所が、こうした、いくつもの路線が入り組んだ駅だと思う。

午前十一時という中途半端な時間にも拘らず、車内は混雑していた。人波に押されるようにして、涼子は車内に進んだ。

電車に揺られながら、四年後の警備に思いを走らせた。

――警視庁は、どうやって東京を守る気だ？

すでに上層部においてマスタープランは出来ているはずであるが、機密保持上、涼子のような現場を担当する警察官には、その内容は知らされていない。

しかし、涼子がどう考えても、人数が足りなかった。

――サミットの比じゃないんだ。

警視庁の警察官は四万六千人。隣接する神奈川県警が一万六千人、千葉と埼玉の県警はそれぞれ一万二千人の兵力だ。

八王子に近い山梨県警に至っては二千人未満である。

さらに言えば全国の警察官を全部合わせても二十八万人しかいないのが現状だ。

東京に何百万人という観光客が押し寄せてくるのだ。

――どうやって守る。

もちろん、民間の警備会社からの動員もある。セコム、アルソック、全日警などが、各会場に配備されるだろうが、それでも足りないはずだ。

一夜限りのアイドルのコンサートではない。世界を熱狂させる祭典が十五日近くも続き、各国の要人もやって来るのだ。テロリストたちが涎《よだれ》を垂らして、この日を待っているに違いない。

開催予定の会場はコンパクトにまとめたといっても、都内各区域に広がっている。建設中の国立競技場や日本武道館、両国国技館を含むヘリテージゾーンが八会場。有明アリーナはじめ新施設が集中する東京ベイゾーンに現時点十二会場が集中している。このうち海の森水上競技場など三会場が再検討に入っている。

さらに東京スタジアムを擁する武蔵野エリア。馬術は六十年前に開催した世田谷の馬事公苑に差し戻しになった。

セーリングは江の島だし、レスリングは幕張メッセだ。自転車は伊豆で、サッカーに至っては札幌や宮城でも行われる。

――どうするの？　私たちだけじゃ、むりっ。

そんな思いに駆られていたときだった。尻を軽く撫でられた気がした。

——えっ？

電車は青山一丁目を過ぎて六本木に差しかかっていた。都庁前を出て、十分ばかり過ぎたところだった。

車窓に映る背後の人物を確認すると、ジャージ姿の中年の男が、ガムを嚙みながら立っていた。涼子の尻の方を覗き込んでいる。いつもの黒のパンツスーツだった。

次の瞬間、軽く肘鉄を食らった。涼子の左側のバストが、ぐにゃり、と押されたのだ。腕はすぐに離れた。

電車は揺れていなかったはずだ。

横を向くと背の高い男が新聞を読んでいた。スポーツ紙のアダルト面だった。背が高いので、新聞を拡げるのに肘が当たっても、やむを得なかったのかもしれない。電車はすぐに次の駅へと着いた。

六本木駅では、かなりの人間が入れ替わったが、右横と背後の男は変わらなかった。それ以上に左側にも太った男がやって来て、新聞を拡げたのは不気味だった。この男は経済新聞だった。

麻生十番駅。目の前に座っていた老女が立ち上がった。涼子は着席しようと思ったが、汐留まではあと三駅だったので、そのまま立つことにした。座ったり、立ったりすることの方が面倒だったからだ。警備警察官は立つことになれている。

すると最初に横にいた背の高い男が目の前に座った。新聞を大きく拡げる。その背の高い男のいた位置に、やはり背の高い人間が立ったので、涼子は一瞬身構えた。

見ると女性だった。マックスマーラーのベージュのスーツを着た品の良さそうな女だった。赤羽橋を過ぎると、この女性も新聞を拡げた。英字新聞だった。さりげなく盗み見ると、ウォールストリートジャーナルだった。

ふと気が付くと、前、左右を拡げた新聞紙で覆われていることに気が付いた。

——ひょっとして痴漢集団？

そんな疑いを持った。

警察庁の管轄に昇格した風俗事案専門部隊「性活安全課」に友人がいた。元新宿七分署の庶務課の新垣唯子《あらがきゆいこ》という女性で、警視庁エリア各署を繋ぐ「合コンコーディネーター」と呼ばれていた女だ。美菜と一緒に何度か彼女がセッティングした合コンに参加したことがある。

『私、処女ではありません』が口癖の女だった。聞きたくもない話だ。

彼女が言っていたことがある。痴漢の最近のトレンドは「囲み」だということだ。

『囲まれると、怖くて、ほとんどの女性が声を出せなくなるらしいです。私は囮《おとり》捜査で、何人もねじ伏せていますが……』

彼女は自慢げに言っていた。

――この状況って、その囲み？

と考えている間に、前後左右からいきなり手が伸びてきた。各種新聞に覆い隠された涼子の姿はほかの乗客からは隔離されてしまっているのだ。

――うそっ。

右側の女の手までが伸びてくる。

――なにする気だ？　私、そっちの趣味はまったくない。

しかし、抵抗するのも憚《はばか》られた。勘違いなら、とんでもないことになる。もう少しだけ、様子を見たい。

女の指がバストの脇を擽るように這いながら、次第に肩の方へと上がってくる。

その隙に前の男が股間をまさぐってきた。

後ろの男は尻を撫で回し、左の男は黒いスーツジャケットの内側に手を忍ばせてきていた。ブラウスの上からだったが、バストを揉みはじめるではないか。

――あっ、いやっ。

涼子は軽く身を捩《よじ》ったが、それ以上は身体が反応しなかった。

これは明らかな痴漢だったが、性活安全課の新垣唯子が教えてくれた通りで、急に声が出せるものではなかった。

不気味なのだ。痴漢というのは、自分が警察官であっても、恐怖に駆られるものだと、始めて知った。

あまりにも突然のことで、頭が真っ白になった。

男三人は凄い力をこめて責め立ててきている。

股間、尻、左乳房を、ぎゅうぎゅうと押してくる。

特に目の前の男が大胆だった。顔を隠した新聞の下から片手を出して、指で股の谷間を触っているのだが、まるでマッサージ師が凝りのツボを探し出すほどの早業《はやわざ》で、肉芽の位置を見つけ、そこだけを攻めてくる。

涼子は快感に腰が砕けそうになった。

対照的に女の指先は優雅な動きだった。肩とか襟足に触れてくる。男が触るポイントとは違っていた。

——ちょっと気持ちいい。これ、なんだろう。

スーツパンツの上からとはいえ、肉芽をこれほど執拗に押されれば、女は身動きが取れなくなる。

その上、同時に女性の優しい指遣いで、首筋を撫でられているのだ。ほんの一瞬だったが、涼子はここが電車の中であるということさえ忘れそうになった。

「大門。次は大門～」

車内アナウンスが聞こえてきた。その声に涼子は覚醒させられた。

――反撃に出なくては。

涼子は瞬時に計画を立てた。

まず、左側の太った男に肘鉄をくらわせたい。

あえて、揺れに合わせて、故意ではないように、しかし、相当強く、肘で払いのけるのだ。隙間が出来たら、そこから逃れる。大門の次は汐留だった。

そこで降車すればいい。

管轄外の痴漢事案で騒ぎを起こしている時間的な余裕はない。さっさと有明で、明田課長や、岡田、美菜と合流したいのだ。

隙間さえ出来れば、抜け出せる。

これでもLSPだ。暴漢からすり抜ける術《すべ》は知っている、という自負があった。

涼子は渾身《こんしん》の力を込めて、肘鉄《ひじてつ》を放った。左の太った男のわき腹を狙った。わき腹は、格闘を仕事の一部とする警察官でも鍛えにくい場所とされている。そこを狙った。

涼子のイメージでは、ぶよぶよの贅肉に肘がめり込むはずだった。

――えっ？

肘が跳ね返された。男のわき腹は、鋼鉄のように硬かった。

――こいつ、ただのデブじゃないっ。

そう思ったときには、男の手がブラウスのボタンを二個ほど弾《はじ》いていた。

男は見た目以上に俊敏に動く。隙間が出来たのは、涼子のブラウスの前だった。

そこから、男の手が無遠慮に潜り込んでくる。ブラジャーのカップをあげられ、乳房を鷲摑まれた。じっとり、汗ばんだ手だった。

――いやっ。

手のひらの中で乳首が転がされた。

乱暴な動きではない。上手い具合に手のひらを浮かせて、乳首にそっと当ててくる。

電車の揺れに合わせて、ころり、ころり、とやられた。

乳首が尖った。摘《つ》まんでほしくなった。

左側の男と目の前に座っている男が、リズムを合わせ始めている。

乳首とクリトリスが、同時に刺激されはじめた。デブが、とうとう乳首を摘まみ上げてきた。

──なんてことを。ここは電車の中……。

これほどまでに堂々と痴漢されるなど、夢にも思っていなかった。耐えがたき快感が押し上げてくる。

目の前に座る背の高い男の股間責めも、迫力を増してきた。親指で、肩や背中の凝りを解くように、股間の突起を、やわやわと押してくる。

──突起って、別に凝っているわけじゃない。ほぐさなくていいから……。

黒のスーツパンツなので、見た目にはわからないが、生地の下から淫芽が、浮き上がってきているのではないだろうか。男は、すでに触覚ではなく視覚で、位置を捉えているようだった。

電車や町の中で、男子の股間が、もっこり盛り上がっているのは見たことがある。

ノーブラで、しかもニプレスをしていない女が、Tシャツから乳首をポチッと突き上げている姿も見たことがある。

だけども、スーツパンツの股間から、クリトリスを盛り上げている女はいないだろう。

「でかいな……」

目の前の男が、クリトリスを撫でながら、ぽつりと呟いた。

――それ、言いますか……。

涼子は首を振った。歯を食いしばって、恥辱に耐えた。

男は巨根を誇りにするが、女は巨芽を恥じる習性がある。ひとり弄《いじ》りが多いことを証明しているようなものだからだ。

――こんなことで、翻弄されてはならない。

涼子は必死に堪えながら、反対側の女を窺った。女に蹴りを見舞おうと計画した。

快感に疼くバストと股間に身を焦がしながらも、反撃に出ようと考えた。

右側の爪先をほんの少しだけ浮かせた、そのときだ。

「あうっ」

股間の前にいる男が親指で、ぐいっ、と突起を潰してきた。いままでの優しい手つきではない。非常ベルを思い切り押すような圧力だった。

「あぁあああぁぁあああああああっ」

涼子は喘ぎ声をあげた。喘ぎ声をあげながら、失神してしまいそうになった。

その口を女に押さえ込まれる。

女の手のひらには、強い匂いがあった。なんの香りなのか、わからない。

そのぶんだけ、恐怖を煽り立てられる。女が涼子の耳朶《みみたぶ》に唇を寄せてきた。

「静かにして……」

そう囁かれた。涼子は目を見開いたまま、顎を何度も引いた。

「フランス人の女に警告して」

涼子は、とにかく頷いた。頷くしか手がないのだ。

「モナ・リザ・ファイルの内容を公表したら、フランスはただでは済まされない、と」

――モナ・リザ・ファイルってなんだ？

理解不能であったが、これにも涼子は頷いた。頷かなければ、何をされるかわからない。この集団は痴漢ではない。テロリストだ。

――こんなエッチなテロ行為はいやだ。

「あれが、世に出たら、フランスは、今年の一月以上のテロ行為に見舞われることになるわ。いいわね。イスラム国以上の敵に狙われることになるわ」

――なんだ、それ。

涼子には異次元の話だった。

汐留が過ぎてしまった。

「次の築地で降りなさい。そこから、有明まではタクシーで行くといいわ」

女はそう言うと、涼子の耳の裏を、親指で軽く押した。

「あぁあっ」

クリトリスを押される以上の快感が走った。

全身に衝撃が走り、昇天させられた。涼子はがっくりと身体が折った。この感覚、三軒茶屋のマッサージ店「上海プレス」で受けた指圧と同じだった。

目の前の男が立ち上がり、座席に座らせてくれた。

「築地、築地〜」

場内アナウンスが聞こえたが、涼子は立ち上がることすら出来なかった。

昇天した女は、すぐに動けない。がくん、がくん、と総身を痙攣させたまま、涼子は築地を後にした。

しばらく放心状態が続き、ようやく勝どき駅で電車を降りることが出来た。

——あいつら、何者だ。

2

有明にはタクシーでたどり着いた。

ボタンの取れたブラウスは、タクシーの中で着替えた。

下着とブラウスは、常に替えを持って歩いている。任務上、突然宿泊になることも多いからだ。

タクシーの運転手には警察手帳を見せて、ことの了解を得た。高田純次に似た顔の運転手が、ルームミラーで、ちらちらと覗き見をしていたが、怒鳴る気力もなかった。

出来ればパンティも取り換えたいところだが、それはさすがに憚った。

明田課長たちが「海の森水上競技場」が出来る予定のあたりに立っていた。

マリアンヌとフランス大使館職員がふたり。それに伊藤泰助が随行している。

警護員としては岡田潤平、東山美菜が遠巻きに付き添っていた。

「マリちゃん。ここでカヌーとかボートやる予定だったんだけどさ。変更になるかも」

明田真子が言っていた。マリちゃんと言っているところが凄い。マリアンヌが公式訪問のフランス検事正であっても、明田真子にとっては、東大の後輩でしかないのだ。

だから年下扱いだった。涼子が明田を気に入っているのは、こんな彼女の気性だった。キャリア官僚なのだが、体育会系に通じる感性があるのだ。

潮風にブロンドを靡《なび》かせたマリアンヌが笑っている。

「いまさら、変更できるんですか」

「っていうか、建設、間に合わないでしょう。中渕先輩としては、食の安全を第一にしなきゃまずいのよ。だから、豊洲の徹底調査をやると思うの。それもひとつの政治的な手なのよ。建設、利権をつっつくと、もっとやばいことになるし、さりとて、建設費が膨らみ過ぎれば、今度は現知事として、なぜOKしたということになるからね。豊洲の土壌調べていたら、有明の建設、間に合わなかったっていうのが、ちょうどいい落としどころなわけよ。マリちゃん、明日、中渕先輩と食事するときに、聞いてみなさいよ。ふたりきりなら、きっと教えてくれるわ」

明田は、マリちゃんに続いて、都知事を先輩と言っている。東大での上下関係が、そのまま生きている。

傍らで聞いていた伊藤泰助が、眉間に皺《しわ》を寄せていた。

涼子は岡田に目配せして、少し離れた位置に、ふたりで移動した。

「あの、私、たったいま、マリアンヌさんのことで恫喝されました」

そう報告した。潮風で頭を冷やしたつもりだったが、まだ、身体が快感に火照《ほて》っていた。岡田の顔を見ていても、欲情してくる。

「秋川、なんで目がトロンとしているんだ」

「どうしてそんなこと聞くんですか？」

「俺と、やりたいって、顔をしている」

軽く蹴りを入れてやろうと、右足の太腿をあげた。

「あっ……」

とたんに股間が下着に擦れて、電撃が走った。淫の芽が、クロッチに擦れたのだ。

顔がさらに卑猥になったのではないだろうか。恥ずかしさに、その場にしゃがみこんだ。

「何をされた……」

「耳の後ろを指圧されたら、おかしくなりました。変な気持ちになっちゃうんです。これって、都知事選のときに中渕さんの選挙事務所近くにあったマッサージ店と、同じツボのような気がします」

「今度は、中国か……あっちもこっちも攻めてきやがる」

言うと、岡田は空を見上げて、考え込んだ。

「上海プレスと同じものかどうか、確かめてみよう」

岡田はさりげなく、美菜を呼んだ。

美菜が小走りにやって来る。

「なんですか、岡田センパーイ」

相変わらず、この女は明るい。

歩み寄ってきた美菜に、岡田が「あれ、ゴミがついている」と言って耳の後ろに触れた。

「あぁあ〜　そこだめです。そこ触られると、私〜」

と言って、美菜が体を震わせた。岡田は、すぐに指を離した。

「やっぱり技を掛けられているんだ。これは〈淫拳〉の一種だよ。上海プレスを調査している捜査一課からの報告があった。店長の田中正明は、上海でマッサージの修業をしたことになっているが、実際には工作員の訓練を受けていたらしい。そこで身に付けたのが、この淫拳だろう。中渕さんの政策を知る関係者が多数、この施術を受けているとすれば、いずれ、操《あやつ》られることになる」

「相当数の女性スタッフがあそこの店に行っていますよ」

涼子は驚愕の声をあげた。

「幸いなのは、都知事ですら、いま現在、政策を決められずにいるということだ。漏れるべき機密はない」

豊洲の一件が思わぬ方向へと進展しているため、当面は成り行き任せになる。

「それは、いいんですが、この技を解く方法はないでしょうか」

涼子は耳を押さえながら、立ち上がった。

「明日から、その技に俺が挑戦してみる。たぶん、ツボの把握だけなら、三日でマスターできるだろう」

世界各国の格闘技を習得するのは、岡田の趣味だった。

「一日でも早く、お願いします。なんかの弾《はず》みで、耳朶の後ろを押されたら、私、恥ずかしいことになっちゃいますから」

「わかった。なんとかする」

岡田と美菜と共に、マリアンヌの方に戻った。

「マリちゃん。表向きの視察なんだから、この辺の散歩はもういいんでしょう。ほかに聞きたいことがあったら、どうぞ」

明田真子が海の先を見ながら言っている。その視線の先、モーターボートが数隻、こちらに向かってきていた。

明田が後ろに回した指を動かした。仙骨の上で、三本立てている。明田時代の警備九課のシンプル信号だ。

一課の岡田や、公安の伊藤にはわからないサイン。涼子は岡田にだけ、そっと耳打ちした。

「レベル3。臨戦態勢へ入って。対象は海上から。マリアンヌさんは、美菜がカバー。私と岡田さんで、対象と戦闘。この場合、伊藤さんには、どういう指示をすべきでしょう」

素早く伝えた。

「伊藤には、ノータッチだ。奴の動きで、双方の素性がわかってくる。明田さん、いまマリアンヌに質問を促したのも、そのためだ……」

岡田がマリアンヌに視線を走らせた。

「では、明田センパイに聞きます……」

とマリアンヌはあたりを見回した。岡田の言う通りなら。これもおそらくポーズだ。マリアンヌは、明田の作戦にうまく合わせて、伊藤の耳目を引き付けようとしているのだ。

そもそも初見《しょけん》で伊藤を怪しいと、見破ったのは、マリアンヌである。

「大日本帝国倶楽部という組織は、どんな組織でしょうか……」

伊藤の目が光った。

明田はその気配を感じ取ったように、伊藤といる方向とは逆側に歩き出した。

マリアンヌの肩を抱いて話している。身振り手振りを交えて話している。何を話しているのかはわからない。明田はフランス語を使っている。

　――フランス語、しゃべれるんだ……。

　涼子は単純に驚いた。キャリアって、こういうところが違う。

　マリアンヌもなにか、懸命に明田に伝えている。〈モナ・リザ・ファイル〉と何度か言っていた。さきほど、涼子を襲ってきた連中の中にいた女が言った言葉と同じだ。

　――モナ・リザ・ファイル……大日本倶楽部。それって、なんだ？

　池上彰の「それってなんですか」で聞いてみたいぐらいだ。

　伊藤がふたりに近寄ろうとした。明田が振り返って、手で制した。

「政治上の機密事項です。近寄らないで」

　きっぱりと言った。警察機構において、明田は伊藤よりも上席である。伊藤は従うしかなかった。

　涼子は、こっそり岡田に聞いた。

「大日本帝国倶楽部って、なんですか……」

「日本の政権を裏側から操ろうとしている人間たちの集まりだ。現内閣は距離を置いているが、政財界、それに霞が関にも、その倶楽部のメンバーは多い」

「何をしようとしているのですか……」

不気味な名称に、涼子はたじろいだ。

「説明している暇はないんじゃないかな……大日本帝国倶楽部が、もっとも嫌いな連中が押し寄せてきたみたいだぞ」

岸壁を見ると、モーターボートが五隻とクルーザーが一隻、横付けされて、十人ほどの男たちが、コンクリートの岸壁を這い上がってきていた。

忍者か？

明田がマリアンヌを抱きかかえたまま、黒塗りの車の方に走った。美菜が敵の方を向いたまま、背走している。腰に手を当てている。拳銃をいつでも抜く気だ。

涼子と岡田は、コンクリートに片膝をつき、迎撃態勢を取った。伊藤は、突然の変化に、うろたえているようだった。

マリアンヌの後を追うべきなのか、忽然《こつぜん》と現れた外敵と闘うべきなのか逡巡している様子だった。這い上がってきた男たちが、まず伊藤に襲いかかった。ふたりがかりだった。

伊藤が右足を上げた。つま先が、頭上の上にまで上がっている。

そのまま身体を捻る。踵《かかと》が一人目の男の側頭部を捉えた。

カーン。そんな音が聞こえた。

男が倒れた。伊藤の足は、宙を舞ったまま、次の男の顔面に向けられていた。飛び込んできた男が、慌てて体勢を低くして躱《かわ》そうとしたが、間に合わなかった。伊藤の爪先が、ふたり目の男の鼻柱を打ち砕いていた。

見事な早業だった。

「本性を見せたな。あれがあいつの腕前だ」

「羽田で、美菜を助けられなかったはずがないですね」

「ということは、この敵は本物の中国系ってことだ。秋川を脅すだけじゃ、伝わる保証がないので、マリアンヌさんに、ダイレクトに忠告に来たというわけだ。こいつらは、諜報機関の人間じゃない。下請けの中国マフィアだ」

男たちはナイフや金属バットを振り回しながら、攻めてきた。相当な人数がいる。

「いちいち、相手するの、面倒くさいな」

岡田がぼやいた。

とにかく人数が多い。涼子は涼子で、電車の中で昇天させられていたので、体がだるい。

「確かに、面倒くさいですね」

「一発、かますか」

「はい、このところ、射撃訓練していませんし」

涼子は尾てい骨のあたりに吊っているホルダーから、拳銃を抜き出した。

フランス語も英語も出来ないが、拳銃の腕前には自信がある。そこがキャリアとは違うのだ。

岡田はすでに、胸からニューナンブを取り出していた。

「ほら、あそこに、コーラの缶が転がっているだろう。秋川はあれを狙え」

向かって右側に赤い缶が見える。寝ていた。立っているターゲットではないので難しい。

「岡田チーフは？」

「俺はあの看板の『森』っていう字を狙う」

左側の遠くに「海の森建設予定地」という看板があった。

涼子のターゲットよりも大きいが遥かに遠い。通常、スコープがないと、狙いが定められない距離だ。

いずれも襲いかかってくる集団とは別な方向にあった。人命を狙うわけではない。

「『海』じゃダメなんですか……」

「『森』って字が気に入らない」

なんとなくわかる気がする。

「せーの」

岡田が言った。

涼子はトリガーを引いた。久しぶりの実弾射撃だった。

乾いた音がして、コーラの缶が弾け飛んだ。一メートルほど上空に舞い上がり、着地後は、カラカラと海へと転がり落ちていった。

コンマ一秒ほど遅れて、看板が炸裂していた。派手な金属音が鳴り『森』のど真ん中に穴が開いた。

チャイナマフィアたちの足がぴたりと止まった。銃声に驚いたこともあるだろうが、それ以上に、銃弾がまったく違う方向に飛んでいることに恐怖を抱いたようだ。

「へたくそめがっ」

とリーダー格の男が叫んでいるが、後退しはじめていた。

涼子の目の縁に、煙草《たばこ》の吸殻が入った。射程距離三メートル。リーダー格の男からはるかに手前だった。

「ポイ捨て禁止っ」

もう一発撃った。

さすがにターゲットが小さすぎて、当たらなかった。コンクリートに当たった弾丸が跳ね上がって、男の足元の手前一メートルにまで飛んでいってしまった。すでに威力はない。

「嘘だろっ」

男は背後の仲間たちを両手をあげて、それ以上進むことを止めた。

「新米刑事だ。拳銃もろくに扱えない。やばすぎる。流れ弾《だま》に当たったらたまんねぇぞ。逃げろ」

総勢十二人はいたはずのやくざ者たちが、頭を抱えながら、岸壁からモータボートへと飛び移っていった。

3

翌日、午前九時。総理官邸の喫茶店。

「いよいよ〈絶頂作戦〉を仕掛けるときが来たと思うわ」

と前置きして、明田真子が語りだした。

この作戦の指揮を執《と》る気だ。

「モナ・リザ・ファイルっていうのは、フランス検事局がまとめた東京オリンピック招致に関する贈賄者リストだけど、そこには東京ルートだけじゃなくて、その前のロンドンや北京のことまで書かれているらしいわ。文面はなくて、マリちゃんの頭の中にだけあるらしいのよ」

明田真子が昨日マリアンヌから聞き出した情報を教えてくれた。

総理官邸内にある喫茶店は、意外に質素な店だ。

たぶん、界隈で一番機密が漏れにくいところよ……と明田は言っていたが、当然だと思う。ちなみに総理も閣僚もお茶していなかった。

「やっぱり、ふたつのグループが、別々にマリアンヌさんを狙っている、ということがはっきりしましたね」

明田はコーヒーを飲みながら語りだした。

「ひとつは中国の工作グループ。これは間違いないわ。中国では、シンガポールのコンサルタント会社の一件がバレるというのは、かなりまずいのよ。一気に権力闘争に火がつくだけじゃなく、民主化促進派が暴動を起こすきっかけに、なりかねないわ。これはどんなことがあっても潰しに来るわよ」

「それでチャイナマフィアを使っているんですね」

岡田が確認した。

「そういうこと。昨日は間違いなく、チャイナマフィア。岡田君を六本木で襲撃したのもチャイナ。昨日、秋川さんを威嚇したのも、直接襲ってきたのもチャイナ。これはもうはっきりしているのよ。まさか、拳銃で応戦されるとは思っていなかったでしょうけどね。すくなくともマリちゃんに『中国が本気で怒っている』という報告を入れさせる効果はあったと思う」

「もうひとつのほうは、大日本帝国倶楽部と絞り込んで、よいでしょうか」

岡田が聞いた。

「基本そこだと思うわ」

涼子にはこの大日本帝国倶楽部という存在が、いまだに呑み込めていなかった。

だが話の腰を折らないように、ふたりの会話に耳を傾けることにした。

「オリンピックこそ、まさに利権だらけのイベントだからね。大日本帝国倶楽部が動き出さないはずがないわ」

明田がコーヒーを口に運んでいる間に、岡田が答えた。

「関連施設の建設はもちろん、大会運営のさまざまな利権……たとえばロゴマークの使用権、競技団体の運営権への関与。細かいところで言えば、金メダルを作るのはどこの会社が担当するのかまで、果てしなく権益が転がっていますね。それを裏で束ねているのは、大日本帝国倶楽部のメンバーたち、ということでしょうか」

なんとなく涼子もその団体の姿が見えてきた。ここで思い切って聞いてみることにした。

「あの……経団連とか、そういうのと違うんですよね」

涼子は、明田に聞いた。

「まったく違うわね。経団連はまともな団体よ。主に上場企業を中心に構成されていて、政府の経済政策、労働政策に対して、様々な意見を発信しているけれど、それは経営者側の立場で、ものを言っているだけ。資本主義を守るために保守政権を応援しているわけね。経済同友会も日本商工会議所もほとんど同じ存在。これを経済三団体っていうの」

「大日本帝国倶楽部というのは？」

「単純に『日本が世界で一番だ』と言い張っている人たちの懇親会。はっきり言って利権団体。もっといえば圧力団体」

明田が眉を顰《ひそ》めている。

「子供みたいですね」

「そうなのよ……戦後間なくの頃までは、それなりに大義があった集団なんだけど、いまはただの利権集団」

「実際にはどんな活動を」

涼子は聞いた。

「表向きは、お茶会をやったりしている程度なんだけどね……裏では、極道やその関連の似非《えせ》右翼とかを使って、強引に利権を奪うの。自分たちにとって都合の良い企業にだけ、受注や利権が落ちるように仕向けるのよ」

似非右翼とは、本格右翼のような政治信条はなく、単に企業や政治家、役所に圧力をかけるためだけに、街宣活動などしている連中のことだ。

警視庁では、本格右翼は公安の対象だが、似非右翼は組織犯罪対策課の管轄である。

明田の説明を聞くと、大日本帝国倶楽部は、戦後の占領下で政界、経済界、任侠界が一体になって、治安を守った頃には、確かに、この国にとって役に立ったこともあるらしい。ただし、昭和四十年代以降は、表の政財界と闇社会を繋ぐ役割の機関に成り下がっている。

そういう倶楽部らしい。

岡田がさらに説明してくれた。

「一時期は、胡散《うさん》臭い懇親会として、誰も相手にしなくなり衰退していたんだけれど、十五年ほど前から、財界が、ふたたび大日本帝国会議に資金を回すようになったらしい」

「なぜですか」

涼子は聞いた。

「無秩序な若手ベンチャー企業主が台頭してきて、伝統的な日本企業の株を買い占めたりしたからさ。政・財・官が護送船団方式で守ってきた日本式資本主義の秩序が崩れるのを防ぐために、ふたたび彼らが動き出せるよう手助けしたんだ」

政治や役所だけでは、片付かない問題が、世間には山ほどある。

大日本帝国倶楽部はそれを片付ける役目を引き受けたらしい。戦後の無秩序な時代、警察力が追い付かないために、任侠団体に加勢してもらったことに似ている。

おそらく、政府や都庁、日本オリンピック委員会が手を染めることの出来ない裏工作を、この倶楽部が行ったのだろう。

それは涼子にも理解できるが、非合法な暴力装置で是正するのが、この時代にあっては正義とは思えない。

もっとも正義を問うのは、裁判所と政治家の担当だ。

涼子は行政官として、任務を遂行することだけを考えた。

「最近になってこの霞が関の中にも、隠れメンバーがいることがわかってきたわ。いま総監が炙《あぶ》り出しを図っているのよ」

明田真子が意味ありげに笑った。

「ここから先の話はアールグレイよ」

――出たっ、アールグレイ。

「淹《い》れてもらうから待っててね」

広報課長になってからというもの、明田真子を訪問するたびに紅茶を振る舞われる。決まってアールグレイだ。

「紅茶、いろいろあるんですか？」

あえて聞いた。

「あるわよ。ダージリンもアッサムも。だけど、ここ官邸だからね。みんなアールグレイしか飲まないんじゃないかな……何事も、グレイにしておくって大事よね。グレイ……」

そう言って、ウインクした。

この課長、いずれ日本初の女性警視総監になるのではないか。トップになるために最も必要なことはグレイの精神、つまり何ごとも曖昧《あいまい》にする姿勢のことらしい。

アールグレイが人数分運ばれてきて、会話が再開された。

「今夜は中渕先輩とマリちゃんが会うんだったわね」

「はい、本郷でお会いになるそうです」

「あらま。赤門の近くかしら」

「そうらしいです」

「おふたりは久しぶりに会うようですが、お互いに東大同士ということで、あの界隈が懐かしいらしいです」

「そうよねぇ。で、伊藤泰助も同行するの？」

「セッティングが伊藤です」

岡田が伝えた。

「『パリ百万石』というフランスレストランです」

「聞いたことない店ね。もっとも私も卒業後十四年になるからね。新しい店ね。きっと」

明田真子はアールグレイを、ゆっくりと飲んでいる。何かを考えている風だ。

「何事もなければよいのですが……」

涼子も一口飲んだ。

「西園寺はこのところ、どうしているの……ごめん、直属の上司のことは言いにくいわよね」

キャリアはキャリアでライバル意識がある。迂闊なことは言わない、というのが、ノンキャリの処世術だったが、この明田のところに相談を持ち掛けた段階で、涼子の腹は決まっていた。岡田も同じらしい。岡田がきっぱりと言った。

「西園寺沙耶課長と伊藤泰助が、炙り出しの対象なのではないでしょうか」

明田真子は、声をあげて笑った。

「岡田君。あんた、まだそのお茶を飲んでいないわね。はい、飲んで。言ったでしょう。何ごともシロクロはっきりつけずに、グレイに処理する。いいわね」

「はい」

岡田もアールグレイを飲んだ。明田真子は上機嫌らしく、ウエイターに手を振った。その手の指を二本にしたあと四本にした。サインらしい。よくわからないが、それで通じている。

「アールグレイに一番合うビスケットを頼んだわ。デンマークのビスケットよ。チョコレートはベルギー、ビスケットはデンマーク。紅茶は英国。これで決まりよ」

ウキウキしている感じだ。

「岡田君。今夜、起こるわよ。事件がきっと……」

「はい？」

岡田が慌てた。

「だって、中渕先輩とマリちゃんが今夜、そのレストランで揃うんでしょう。オリンピック賄賂の件、潰したい人から見たら、ここでしょう」

「どっちか、来ますかね？　今夜」

と岡田。

「来るわよ。ひょっとしたら、両方来るわよ。だから、デンマークのビスケット食べて……」

明田がアールグレイと一緒に運ばれてきたビスケットをすすめた。

「はい？」

岡田が、きょとんとしている。涼子にもわからない。明田は謎かけを楽しんでいるのだ。立場が上の人間になればなるほど、はっきりした表現を使わない。政治家も官僚も同じだ。下の人間は勘を働かせなければならない。

「デンマークの首都は？」

明田にいきなり質問された。涼子は呆気にとられるばかりで返答に窮した。

岡田が答えた。

「コペンハーゲン……」

「当たり。つまり、コテンパーン、にやっつけてきて、という意味だったんだけど
……ちょっと無理があったかな。総監には受けるんだけど」

――ひどい、ひどすぎる。オヤジギャグのレベルだ。

「冗談は国会答弁のときだけにしてください」

さすがに岡田も憮然《ぶぜん》とした顔になっていた。五秒ほど沈黙した。

涼子がフォローした。

「コテンパーンにやっつけるために、作戦会議を開いていただけないでしょうか。警備だけではなく公安と組対にも入ってもらったほうが、いいかと思います」

明田は宙を睨んだ。

「今夜が正念場になるわね。わかったわ、私に考えがあるわ。午後まで待って。長官と総監にいくつか許可を取ってくるわ」

「わかりました」

岡田が頭を下げた。

「ミッション名、コペンハーゲン作戦にしましょうか……」

そう聞いている。皮肉のつもりらしい。

涼子はビスケットを口に運んだ。美味しい。たっぷりとバターの効いた味が、渋みのあるアールグレーによくマッチしていた。

「作戦名は絶頂作戦よ。もうそれで決めたんだから……」

明田真子が立ち上がり、テーブルの角に股間を押し付けた。大きな事件を前にすると、彼女は昂《たか》ぶるらしい。総理官邸内の喫茶店で角まんするとは、やはり神経が図太い。

「では、のちほど」

岡田が明田の角まんは見ぬふりして、出口へと向かっている。涼子はあわてて後を追った。

4

午後一時。極秘の合同会議になった。

組対部長の遠山欣二郎《とおやまきんじろう》が、総監会議にやって来て、どっかりとソファに腰を下ろした。ここが警視庁でなければ、どこかの任侠団体のドンにしか見えない。ソファの後方に組対の係長クラスが二名立っている。ふたりとも角刈り頭だった。まるで親分につきそう若頭の風情だ。

明田真子が遠山の目の前に腰を下ろした。

テーブルに、紅茶が置かれた。ダージリンのようだった。

涼子は岡田と共に明田の後方に立った。こちらは、外資系証券会社の女副社長と、その秘書、といった雰囲気だった。

公安部長は不在だった。双方のパートが必要なのではなかったか。涼子は心の中で首をひねった。

遠山欣二郎が第一声をあげた。

「総監は……」

「いらっしゃいません。これは密談ですから」

と明田真子。執務室の方を見ながら言っている。応接室の向こう側に総監の執務室があると思うと、緊張した。

「明田さん、あんた本当に総監の許可を得ているのか。会議室だけ借りったってわけじゃないよな」

遠山が口をへの字に曲げた。

「公安部を入れないことも含めて、了承を得ております」

明田は口を尖らせている。

「公安なんてもともといらない。しかしなんで、広報が捜査を仕切るんだ」

遠山は不満そうだった。

「捜査課系統同士だと、すぐに縄張りを主張し合うので、事務系で仕切ってくれ、と総監から命を受けました」

「本当かよ」

「本当です。警察官同士で嘘をついたら、納税者に叱られます」

明田はしゃらんと言ってのけている。聞いている涼子でさえ、不安になった。

――いったい、この人は、何を仕掛けようとしているのだ。

「遠山部長に質問です。大日本帝国倶楽部の下請け団体はどちらになりますか」

「まるで、新進気鋭の女性議員の国会質問みてぇな聞き方だなぁ。まぁいいや。関東富士桜会だ。江戸時代の火消しの流れをくむ、古典的任侠ヤクザだ」

「武闘派ですか」

「あぁ、いまどきの経済ヤクザとは違う。バリバリの武闘派だが、大義のないことはやらねぇ。パクっても口が堅いしな。懲役を怖がらない」

遠山は、そんなことを聞いてどうする、という眼をした。

「では、もうひとつ聞きます。中国の工作機関の下請けをやっているマフィアはわかりますか」

「そいつぁ、公安部の管轄だろうがよ。渡部《わたべ》はなんで来ていない」

渡部とは公安部の渡部英治《えいじ》。外事課長で、岡田の元上司である。公安を呼んでいない件は、涼子には、うっすらと読めるが、確信はない。

「遠山部長にお聞きすれば、公安などいなくても、わかるはずだ、と総監が仰っていました。工作機関は公安の管轄でも、マフィアは組対だろうって」

明田が遠山の自尊心をくすぐるような言い方をしている。これはさらに怪しい。明田真子は総監の許可など得ずに、ことを進めているのではないだろうか。

「そりゃ、理にかなった言い方だ。総監らしい。もちろん俺たちもしっかり定点観測させてもらっているよ」

遠山が明田の口車に乗ってきた。得意になって喋りだす。

「そいつらは『上海蛇頭《シャンハイスネーク》』だ。歌舞伎町が根城だが、最近は六本木の半グレまで、囲っている。半グレの連中に、六本木で遊ぶ若い政治家とかをうまく取り込むようにさせている。クラブとかでいい女をあてがって、そこで情報を集めさせている。利権がらみの話や、同僚政治家の弱点なんか、みんな筒抜けだ。公安はいったい何やっているんだろうな」

岡田が咳払いをした。かつて自分が所属していた部門をけなされて、憤慨しているのだろう。半グレに自分が襲われた苦い経験もある。

遠山は、しゃべりすぎて喉が渇いたのか、紅茶を啜った。

「総監が、関東富士桜会とその上海蛇頭をぶつけたら、おもしろいんじゃないかって」

「んん？」

遠山欣二郎が、呆気に取られて、口から紅茶を吹いた。後方に控える部下ひとりが、すぐにハンカチを差し出した。

「両方に、情報を流して欲しいのです。今夜都知事とフランスの検事正が、取引をするって」

明田真子が応接室の壁に掛けられた歴代警視総監の肖像画を眺めながら言った。

「なんだってぇ、ええ？　ぶっつけ合いかよ」

遠山欣二郎が目を剝いている。自慢の桜吹雪のネクタイで、額の汗を拭きだした。

「実際、今夜、凄い取引になります。都知事が東京五輪招致に関する不正送金をした日本側の関係者のリストを受け取る代わりに、豊洲にフランスブランド中心のアウトレットショッピングモールを建設するという条件です」

「中渕都知事がそんなことできるのか」

「それは、石坂幹事長がやるんでしょう。オリンピックと市場で、これ以上ごたごたしたくないから……というか、石坂幹事長が全部シナリオを書いているような気がするんですけど……一番の悪だから」

「市場はどうなる？」

「いずれは、移すでしょうけど……いまは時間稼ぎと、イメチェンが必要だということです」

「イメチェン？」

「そういうことらしいです」

絶対に嘘だ。明田真子は適当なことを並べているだけだ。

常に中渕裕子のそばにいる涼子は直感でわかる。都知事はまだそんなところまで、詰め切っていない。昨日の時点で、頭を抱えていたのだ。取引の条件を得ているなんて、ありえない。

「それで、総監曰《いわ》く、そのリストを狙っているのが、大日本帝国倶楽部と中国の情報機関なので、一網打尽にしたいのですが、証拠固めが出来ないわけです」

「まぁな」

「警備課も守るだけでは、いつか突破されるかもしれません。ここは一番、双方をぶつけて、一斉逮捕というのが、賢いやり方ではと……総監からそう授けられました」

これも嘘だ。総監がそんな指示を出すわけがない。

「証拠がなくて、守備にストレスがたまるから、情報流して、ぶつけさせて、俺らに逮捕させちまえって、なんか、ずるくねぇか」

遠山が片眉をあげた。明田の裏を読んでいるという様子だ。

「組対がノーならば、公安に持っていきますが……」

「おいおい……そう事務的に運ぶな」

「広報は事務方ですから……」

「わかった。今夜だな、うちの潜伏員から、両方に情報を流す。で、ぶつかったところで一気にやる。それでいいんだな」

「はい。遠山部長、来週は警視総監賞、間違いなしですね。もう何枚目になりますか？」

明田が猫なで声で言っている。

「いやぁ、俺は、経験ねぇよ。一枚も持っていない」

「組対は、いつも損な役割ばかりですね。手柄を立てても、公表せずの隠密逮捕ばかり。今回はそれぞれの背後関係への、アピールもありますから、逮捕現場をマスコミに特写させようと思っています。すっぱ抜きの形を私が段取りますから」

明田が催眠商法を仕掛ける女詐欺師のような笑い方をした。

「そうか。そういうことだったのか。広報が仕切っているって。これキャンペーンなんだな」

「まぁその辺のことは……遠山部長、アールグレイを一杯……総監室のアールグレイは、先日石坂幹事長がお土産《みやげ》に持ってまいりましたもの……それは、それは美味しい味でございます」

「そうか、その辺は、グレイだよな……っていうか、石坂幹事長の持参となるとブラックなんじゃねぇか」

遠山欣二郎が頭を叩いた。

涼子は退出する際に、顔見知りの総監秘書官に声をかけた。

「お世話になりました」

地下食堂でよく会う人だった。同じ歳ぐらいの女性で、事務方なのに、柔道場にもやってくる。それで意気投合していた。

「とんでもありません。来週また巴《ともえ》投げの練習をしましょうね。何か、私、巴投げばかり練習していたら、このまま彼氏とエッチするときに、正常位できたところを、えぇいと彼のお腹に足を掛けちゃて……だめですねぇ」

総監秘書があっけらかんと言った。涼子も答えた。

「背負い投げばかり練習していると、後背位で迫られたとき、背負い投げしちゃったりする子もいるみたいですよ。っていうか総監応接室なんて、初めて入ったので、緊張しました」

「みんなそう言いますね。ですがここだけの話、この総監応接室って、実は政治家や財界のお偉方、それにマスコミ関係者の皆さんとの会談に使うダミーの部屋なんです。本当の総監室のある場所は警視庁の最重要機密です。ごく一部の人間しか知りませんよ。私も知りません」

「えぇえっ、じゃあ、ここは……」

「見せかけだけです。執務室もダミー。この庁舎の中には、同じようなダミー部屋が十室ほどあるんですよ。ここが一番ポピュラーな部屋。部長クラスでも、みんなここに総監が毎日いると思っているんですね。いたためしないですよ。明田課長は、広報という立場上、外部の人にいい気分になっていただくために、この応接室を、よくお使いになります」

「そうなんだ……」

「そうでなかったら、私なんかが、ここにいませんし、秋川さんもたぶん入れません。ちなみに私もダミーの秘書ですから。総監秘書、三十人はいるんです」

なるほど、と感心した。警視庁は伏魔殿《ふくまでん》だ。

第五章　絶頂作戦

1

夜七時。文京区本郷五丁目にあるフランスレストラン「パリ百万石」に到着した。ヨーロッパの古城を思わせる外観の店だった。

涼子が先に降車し、周囲を確認する。秘書の今村知乃が小走りに店内へと入り、個室の確認をする。

涼子は白のカクテルドレスを着用していた。あえて、LSPには見えない格好をしてきている。知らない人間が見たら、中渕裕子の取り巻きに見えることだろう。

裾が拡がったカクテルドレスの下に、拳銃を隠していた。太腿に巻いているのは、小型回転式拳銃チーフズスペシャルだった。古いタイプの拳銃だが、コンパクトで持ちやすい。

「秋川チーフ、今夜はめちゃくちゃ、色っぽくみえますよ」

正面玄関から東山美菜が出てきた。

マリアンヌ・フェス検事正はすでに来店しているということだ。

美菜は真っ赤なイブニングドレスを着ていた。小柄な美菜にはフィットしていない。いかにも貸衣装という感じだった。

もっとも自分も貸衣装である。警視庁にはこうした場合に備えて、衣装室がある。テレビ局ばりに、さまざまな衣服が取り揃えられているのだ。おもに張り込み時の変装用であるが、パーティ時着用のドレス系も意外に豊富に揃えてある。

さりげなく美菜の太腿を触った。イブニングドレスなので、拳銃を付けていない。

「アクセサリーは」

隠語で聞いた。

「ブラの中です……左右のカップの中に、一丁ずつ入れてあります」

美菜はそのあと、ウフフと笑った。

「何持ってきたのよ……」

「Nr・CISTです。いざというときには、秋川チーフにも渡します」

スイス製の世界最小と言われる拳銃だ。全長五センチ。二・三四ミリ口径。俗に「キーホルダー」と呼ばれる拳銃で、男性の親指サイズほどだが、威力はある。エアガンとほぼ同じ程度だ。玩具と思って一般人が持ち歩いていたなら、我が国では銃刀法違反で逮捕される。

確かに、その拳銃なら、ブラの中に隠せる。

「さすがに、エッチな穴には入りませんでした」

美菜が股間を弄ってみせた。

「聞いてないから……」

涼子は言いながら、胸元に挟んでいた眼鏡をかけた。暗視レンズである。

周囲を見渡す。

二百メートル先に、ワゴンが三台停車していた。組対の捜査員が乗り込んだ車だった。ほかに気配は感じられないが、いずれ上海蛇頭と関東富士桜組もやって来るに違いない。

「岡田チーフは？」

「ロビーで浦田恵里香さんと待機しています」

ふたりは捜査員としてここに来ていた。浦田恵里香がどう動くのか、岡田は楽しみにしていると言っていた。

そしてもうひとり、動きを見定めたい男がいる。伊藤泰助だ。すでに中にいるはずである。

——あの男、どう出てくる？

明田が組対課の遠山欣二郎に、上海蛇頭と関東富士桜会に情報を流すように言ったのは、ひとつのポーズだ。

警視庁の中に、大日本帝国倶楽部に関わっている人間がいれば、すでに関東富士桜会には、今夜の会食は伝わっているはずだった。

プライベートな会食としたところに、マリアンヌ検事正の思慮深さが窺える。襲われる確率が高いことを承知のうえだからこそ、コンパクトな会場を餌にしたのだ。

そのうえどんな敵が襲ってくるのか、見極めたいのだろう。おそらくそれが彼女の真の任務なのだ。不正送金の発覚を最も恐れている連中が誰なのか、わかる。

「美菜、今日の任務、西園寺課長から、なにか特別な指示はなかった？」

警視庁内のもうひとりの疑惑者が頭に浮かんだ。

「いいえ。とくになにもありませんでした」

美菜が尻の方に手を向けていた。割れ目のあたりを、盛んに弄っている。落ち着かない女だ。たぶん、ハイレグを穿いてきていて、食い込みがきつくて、ずらしているのだ。

品もない女だ。

西園寺沙耶がとくに指示を出していないところが、怪しかった。

都知事とフランス検事正の会食となれば、ＬＳＰを統括する課長みずから警備案を出してくるのが筋だ。

国賓級とまではいかないが、なにかと挙動が注目されるフランス検事を、現場任せにしているとは、誰の目にも不可解である。

「中の様子はＯＫ？」

「マリアンヌ検事の入店前に、すべてチェックしましたが、不審物は発見されていません。昨夜からの営業が終わってから、お客は入れていません。出入りをしていたのは、すべてこちらのスタッフです。各所に設置された防犯カメラの映像で、裏付けもとってあります」

美菜はルーティンのすべてを行ったようだった。

「伊藤泰助さんは、もう中に入っているのですね」

外務省の職員と共に随行員として、晩餐に参加することになっている。ふたりのテーブルとは別にもうひとつ用意されたテーブルに着く。そのテーブルは涼子と美菜も一緒だった。

「わかりました。それでは都知事を入店させます」

涼子は都知事の公用車に向かった。

中渕裕子が降りてくる。光沢のある黒のイブニングドレス。柑橘系の香水が道路に漂った。

「二時間の会食になります。私たちは、お隣のテーブルに着席します」

「わかりました。明田さんの台本に沿って、やるわ」

中渕裕子が、そう囁いた。東大時代には女優をめざしていたそうだ。政治家はみんな役者だ。

ロビーに入る。彼女はそう変わらない仕事を見つけたということだ。

「ご苦労さま」

岡田潤平と浦田恵里香が直立不動の姿勢をとった。

都知事が愛想を振りまいて、メインダイニングへと向かう。

ロビーでのウエルカムシャンパンは中止したらしい。まだるっこしい儀式はすべて排除して核心だけを語り合うようだ。

主任秘書の今村知乃が、ダイニングの入り口で畏《かしこ》まっていた。今村はこのまま退店するが、何か起こった場合に備えて、都庁で待機することになっていた。

情報操作こそが、今村知乃の得意技だ。すれ違いざまに言われた。

「知事の身の安全は、あなたに任せたわよ」

「承知しました。政治的演出は、そちらが」

目も合わせずに、互いに会話した。慣れたものだ。

「マリアンヌさん、おかえりなさい。本郷へ」

上機嫌の声を出しながら、中渕都知事がテーブルの方へ歩を進めていた。せっかちだから歩くのが早い。

暖炉《だんろ》の脇にあるメインテーブルで、マリアンヌ検事が立ち上がって微笑んでいた。

季節柄、暖炉の中に火はない。

欧米において暖炉とは床の間のようなものらしい。インテリアのひとつとして、薪《まき》だけが組まれていた。

「中渕閣下。十年ぶりにお会いできて光栄です」

マリアンヌは、膝を曲げて会釈した。まるで王室儀式だ。マリアンヌはシャンパンピンクのカクテルドレスを着ていた。

パリコレのモデルのように似合っている。

「閣下なんて、やめてよね。そこのレッドゲートの同窓生じゃない。本郷で後輩と夕食なんて、楽しいわ。しかも非公式な会食だから、気楽に情報交換できるわね」

ふたりが着席する。シャンパンと前菜が運ばれてきた。ウエイターは、この店の人間なので、危険人物ではない。

メインテーブルにはふたりだけがついた。フランス語に堪能な都知事と日本語に精通しているマリアンヌ検事なので、通訳は必要がなかった。

ふたりは日本語で語らっていた。たわいもない話から始めるのかと思ったら、いきなり豊洲のことを語り合っている。

どちらも合理的な性格らしい。

涼子はスタッフのために用意された、サブテーブルに着席した。

円卓だった。

暖炉際のメインテーブルから、約二メートル離れている。すでに外務省職員黒木雄二《くろきゆうじ》と、いちおう東京パリ交流団体の職員を演じている伊藤泰助が着席していた。並んで座っている。その横にフランス大使館の事務官。事務官というのは、表向きだ。おそらく諜報員。あるいはボディガード。髭面《ひげづら》だが、愛嬌のある目をしている。

「ジャン・ルノと言います」

涼子と美菜も挨拶を返して、その場に座る。
ジャン・ルノと涼子の席が、真っ直ぐにメインテーブルを見渡せる位置になってい
た。ちょうどその視界のライン上に伊藤泰助が座っていたので、この男の表情も観察
しやすい。
美菜はジャン・ルノに見惚《みと》れていた。こちらのテーブルは五人もいるにもかかわら
ず、会話はほとんどなかった。
サブテーブルにも同じ料理が運ばれてきた。
——役得。
シャンパンと共に前菜が運ばれてきたときに、そう思った。
一皿目は帆立て貝のラヴィオリ仕立て。それに赤い色をした草のムース。オレンジ
バニラ風味だという。その草の名前はアンティーブとウエイターに教えられた。
——聞いたことないが、美味しい。
都知事とフランスの検事正の話し声はかろうじて聞こえる。
「では、中渕先輩。これが、シンガポールで見つけたリストです。日本人の名前、た
くさん並んでいますが、お渡しします。フランス検事局では、より明確な人物特定と経
路を把握していますが、これが表に出ることはありません。私の頭の中にあるだけで

す。ですが、シンガポールのコンサルタント会社にあったリストは危険です。本人たちがセネガルに逃げてしまったので、セキュリティレベルが下がっています。とりあえず私が抹消しておきました。このリストは、中渕先輩が日本国内だけで活用することをお勧めします」

マリアンヌが封筒を差し出した。細長い定型郵便物の封筒だった。

「マナー違反ですけど、拝見します」

都知事はナイフとフォークを置いて、封筒の中身を見ている。タイプされた文字がたくさん並んでいる。

「凄いわ……私、いつでも総理になれそう」

赤ワインを飲んだ。

「そのためにだけお使いになればよろしいかと……フランスも日本の内政には干渉しません。大統領府《エリゼ宮》としては、陸連のセネガル人会長を封じ込めれば、それでよいのです」

「わかったわ。次のＩＯＣ総会では、日本としては、パリを支持するように、関係機関に進言するわ」

中渕裕子はリストに目を落としたまま言っている。これは凄い裏会談だ。

「バーター成立ですね。後はそのリストの事実確認です。もう絞り込めていますが」

マリアンヌが笑顔で肩を竦めた。これは『もうじき襲撃があるでしょう』と言っている感じだった。

「そうね。しかし、この人がねぇ。この人が最大の黒幕だったとはねぇ。うすうすは気が付いていたけれど、政界はやっぱり闇ね」

そう言って、ため息をつき、都知事はリストを傍らのバッグにしまい込んだ。

都知事と涼子の間に、伊藤泰助がいる。視線をこの男に落とすと、額に汗が浮いていた。

二の皿が運ばれてきた。

フォアグラのソテー。脇にズッキーニが載せられているが、これにかかったソースが、とてもおいしそうだった。

フランス料理の醍醐味はソースにあると、聞いたことがある。警視庁のノンキャリにも、食通はいるのだ。

射撃練習場などで、そうした食通刑事に、いろいろ聞かされたことがある。

――お願い、メインが来るまで、何ごとも起こらないで。

そうそう出会うことのない役得に、涼子は胸を高鳴らせた。

「仔羊のアンクルートと幼鴨の備長炭グリエ、どちらにいたしましょう」

いよいよメインだった。

迷う。どちらがどんな料理なのかは知る由《よし》もないが、要は羊か鴨の選択だ。

「仔羊を……」

直感だけで選択した。ちなみにこのサブテーブルには五人座っているが、男三人は鴨を選択していた。メインテーブルの主役ふたりも鴨だった。

つまり涼子と美菜だけが仔羊だったわけだ。

――ひょっとしたら、鴨の方が正解だったのかも。

しかしいまさら変更するのもみっともないので、涼子はペリエを飲みながら、仔羊の皿が現れるのを待った。

サブテーブルの人間たちは誰一人、酒は飲んでいない。全員ペリエだった。

都知事とマリアンヌの会話はさらなる取引へと進んだ。

「豊洲の件は、今日すでに民自党の石坂幹事長に相談してあります。一度、フランスのファッションブランド中心のショッピングモールを建てて、五年ぐらいで、また市場の計画に戻すのが、良いというのが幹事長の考え方です。私も、とりあえず今はその方向でいいのかなって、思っています」

都知事はきっぱりと言った。

「つまり、ショッピングモールであれば、多少環境基準をオーバーしていても、直接人体に影響があるわけではないと……まぁ、それ以前にもそこで人が働いていたのですから、問題ないわけですね」

帆立て貝を口に運んだマリアンヌが聞いていた。

「そうなのよ。市場という食べ物を扱う施設だと、さすがに具合が悪いけど、衣料品のショッピングモールだと、ほとんど影響ないわけよ」

「五年ほど、何にも問題なければ、ここって、平気でしょう……となるわけですね」

「その通り。その頃にはオリンピックも終わっているし、土壌も何とかするわ。ショッピングモールの建設で時間稼ぎして、盛り土しちゃうしかないわね。マリアンヌ、お国の商務相にブランドショップをたくさん送り出すように伝えてください」

主役たちのテーブルに鴨の皿が運ばれていた。いい匂いがする。サブテーブルはまだだ。

「有明の施設はどうするんですか」

「そこはパスね。道路を通せなくなるから、どのみち無理。代わりに、規模は小さくなるけど、ショッピングモールの建設を出すことで、業者には納得してもらうわ」

都知事は、明田が書いた台本を言っているのだ。この場にいる誰かに聞かせたいだけなのだ。

涼子はいい案だと思った。官僚の考える法案や国会答弁案というのは、実に丸く収まるように出来ている。

伊藤の目が落ち着かなく動いていた。

「幼鴨の備長炭のグリエでございます」

先に鴨が運ばれてきた。続いて、仔羊の皿がやって来た。

待ちに待った瞬間だった。

「仔羊のアンクルートでございます」

――きたぁ。

涼子の顔は自然に綻《ほころ》んだ。

皿が置かれた。そのとき、外で大きな音がした。車と車がぶつかったような音だった。

扉が開いて、岡田と浦田恵里香のふたりが駆け込んで来た。

「非常事態です。避難を」

岡田がそう言い、恵里香がマリアンヌの腕を握った。

「嘘でしょう」

涼子は目の前の仔羊に向かって叫んだ。まだ一口も食べていない。

2

「マリアンヌ検事の担当は私です」

美菜が浦田恵里香からマリアンヌを奪った。予定していた行動だった。

「こんなとき、どっちだっていいじゃない。急ぐんだから」

恵里香が声を荒げた。

「私、マドモアゼル美菜と行動を共にします」

マリアンヌがきっぱりと言った。恵里香が鬼のような形相になっているのを、涼子は見逃さなかった。化けの皮が剝がれたようだ。

「裏口へのルートを確保してあります」

涼子は中渕裕子のそばへと駆け寄った。

そのとき、まさか暖炉が爆発を起こすとは思っていなかった。

突如、暖炉の中に組まれていた薪の間から、轟音と共に激しい火花が上がった。

あっという間に部屋中が煙に飲まれた。

「都知事、これで口を押さえてください」

涼子は、ハンカチにペリエを注ぎ、中渕裕子に差し出した。

「ありがとう」

ロビーに飛び出した。

――えっ、もうこんな状態なの。

目の前はジャッキー・チェンの映画のような様相を呈していた。

怒号が飛び交っている。

上海蛇頭と関東富士桜会のヤクザの区別はほとんどつかなかった。どちらもカンフーのようなポーズで戦っているのだ。

どちらも身のこなしが軽い。

壁伝いに蹴り上がって、宙を飛びながら蹴りを入れている者がいた。

「あれはたぶん、上海蛇頭」

美菜に注意を促した。中国の方はマリアンヌを潰したいはずだ。

梯子《はしご》を持って入って来ている男たちもいる。木製の梯子を巧みに使って、敵側を押さえ込んでいる。江戸時代の捕り方のようだ。

こちらは江戸時代の火消しの流れをくむ関東富士桜会の連中だろう。

こうなると本当にジャッキー・チェンのカンフー映画だ。

梯子の男たちは、先ほど壁を蹴上がって、マリアンヌに飛びかかろうとした男に蹴りを放った。カンフー男は身をかわし、ふたたび身体を垂直にして壁をのぼっている。もう一方の男が梯子を掛けて壁に上がった。梯子に片足をかけたまま、腕を伸ばして、カンフー男を捕まえた。

共に床に落ちたふたりが、蹴りを打ち合っていた。

白煙の中、そんな戦いをしている男たちが十組ほどいた。逃げられない。そのうち炎が回り始めた。

「嘘でしょう。組対課は何しているんですか」

中渕祐子の身体を庇いながら、岡田潤平に叫んだ。

「店の前に消防車が来ている。それに塞がれて、マルボウが入ってこられない」

計算違いが生じていた。火災が発生した場合、警察権よりも消防権が優先される。

何よりも消火が先だからだ。

それにしても、来るのが早くないか。

考えている間はなかった。

「うわぁあぁ」

ダイニングルームから伊藤が飛び出してきた。部屋には火花が飛び散っている。バチバチと火の粉の爆ぜる音までしていた。

フランス大使館と外務省の男は、厨房《ちゅうぼう》側へと逃げたが、それは最も危険なエリアだ。ガス栓《せん》がいくつもある厨房はいつ爆発を起こすかわからない。

伊藤は梯子を担《かつ》いだ男たちに殴られていた。

岡田は応戦している。浦田恵里香の姿はない。

正面玄関の前では男たちがもみ合い、突破するには危険すぎた。もはや退路がなかった。

「上へ」

涼子は美菜に向かって、ロビーの端にある階段を指さした。火災の場合、上の階に逃げるのは、得策ではないことは知っている。炎は上昇してくる性質だ。しかも地続きの逃げ場を失う。

最終的に飛び降りるしか手がなくなるからだ。

それでも、この場にいては、窒息死してしまう。

中渕裕子は咳き込み始めていた。マリアンヌの顔色も悪い。

「秋川さん、これを……」

バッグの中にしまい込んでいた封筒を渡された。涼子は受け取り、咄嗟に拳銃ホルダーを巻いていない方のガータベルトに挿し込んだ。

「急いで」

四人で階段を昇った。二階に出た。テーブル席がいくつもあった。通常なら、ここには一般客がいるはずなのだろうが、今夜は店ごと借り切っていたので、無人だ。

二階にはベランダがあった。テラス席になっている。ガラスの扉を涼子と美菜で蹴り破り四人で出た。

「あぁ、やっと新鮮な空気が吸えたわ」

中渕裕子が深呼吸した。夜空には星がちりばめられていた。マリアンヌの顔にも赤みが戻った。

隣のビルから男たちが、飛び移ってきた。美菜がイブニングドレスの裾を捲り、蹴りを入れたが躱《かわ》された。

――やっぱりこの女、真っ赤なTバックを穿いていた。

男が瞬間、きょとんとした顔になった。はみ出した毛まで見えたのかもしれない。

すぐに涼子が回し蹴りで仕留めた。男がベランダの下へと落ちていく。消防車にぶつかりながら落ちていった。

次々に男たちが飛び移ってくる。中国語で何か喚《わめ》いていた。涼子はマリアンヌの顔を見た。

「これ、ネイティブ」

マリアンヌが教えてくれた。ということは上海蛇頭だ。間違いなくマリアンヌを攫《さら》おうとしている。マリアンヌを攫ってフランス側と交渉するのだろう。

「梯子をあげて」

涼子は消防士に向かって叫んだ。消防車は梯子車ではなかった。道幅が狭いせいか、比較的コンパクトな消防車だった。

ステンレスの梯子がかけられた。関東富士桜会の連中は木製の梯子だったが、消防はさすがにステンレス製を使っていた。

テラスの縁に高梯子が伸びてくる。

「○×▼×」

中国の男たちが、その前にマリアンヌを攫おうと、襲いかかってきた。

――ええいっ。めんどうだ。

涼子はカクテルドレスの裾を捲り上げて、ガータベルトの代わりに巻いていた拳銃ホルダーからチーフズスペシャルを抜いた。パンティは白のノーマルを穿いていた。男たちは美菜のTバックを見たほど動揺はしなかった。

頭にきた。

涼子は夜空に向かって、トリガーを引いた。バキューン。本郷の閑静な住宅街に銃声が轟いた。さすがに上海蛇頭も動きを止めた。

「さぁ、降りてください」

銀色の防火服に身を包んだ消防士がひとり上がってきた。竹野内豊に似ている消防士だった。

「中渕先生、マリアンヌ検事から降ろしてください」

消防士に依頼した。

「了解っ」

順に降りていく。美菜もマリアンヌに付き添って、降りていく。涼子は男たちに銃口を突きつけたまま、梯子に向かった。

男のひとりがナイフを取り出し、涼子との間合いを狭めてきた。撃ち殺されることはないと、腹を括ったようだった。

こうした捨て身の男に警察は弱い。涼子は男の足元に銃口を下げた。その瞬間を狙われた。床を蹴った上海蛇頭の男は鮮やかに、星空を背に舞い上がり、涼子の頭上にナイフを突き落としてくる。

「あぁあ」

ダメかと思ったそのときだった。消防車から、とてつもない放水が上がってきた。鉄砲水の勢いが、上海蛇頭の男の顔面を突いた。

「わぁああぁ！」

首を曲げ、顔を歪めた男が、水圧に負け、空中でのけ反っていく。涼子はバク転のスローモーションを見る思いだった。

音を立て、男は背後の仲間たちのもとへと落ちていった。

涼子はこの間に、梯子を降りた。背中を見せたまま降りた。

「いやん」

放水はまだ続いていた。今度は涼子の全身に水がかかった。カクテルドレスの裾が捲れ上がった。股間に水の先端が当たる。

「あぁあ」

それよりも片手で持ったままのチーフズスペシャルが濡れてしまった。

試しに撃ってみた。スパン。回転式の弾倉は回ったが、銃口からは白煙が上がっただけだった。最低。

梯子を降り切ると。消防士たちが、手をグルグル回している。退去のルートを示しているのだ。すでに美菜が先頭を切り、中渕たちを先導していた。

その先に大型の救急車が待機していた。「日本消防庁」と書かれていた。

「あの救急車に乗って」

今度は金城武に似た消防士が手を振っている。最近見なくなった役者だが、涼子が小学生のとき、父が連れて行ってくれた映画『不夜城』には興奮したものだ。

「わかりました」

涼子も救急車に飛び乗った。

「そっちの救急車じゃないっ。こっちの車に乗らないとダメだ」

扉を閉める寸前に伊藤泰助と岡田潤平が駆け寄ってきて、叫んでいる。ふたりとも違う方向を指さしている。

「えっ？　これ違うの？」

そう思ったがもう遅かった。涼子たちを乗せた救急車は急発進した。

入れ替わりに、マルボウが三十人ぐらい、路地に走り込んできて、レストラン「パリ百万石」を取り囲んだ。三十人ぐらいは逮捕できそうだ。

3

かなり大きな救急車だった。

普段、街で見かける救急車とは違っている。ボディに白地に日本消防庁と書かれていたので、何のためらいもなく乗ってしまったが、こんな宅急便のトラックみたいな救急車なんてあったのだろうか。運転席は間仕切りされていて見えない。

車内には、救急医療設備はまったく装備されていなかった。

涼子は、ふと不安になった。

——日本消防庁って……そんな組織あったけ。

頭を巡らせた。合コンでよく会う火消しボーイたちは、みんな東京消防庁だ。警視庁にあたる組織だ。

——では警察庁に当たる消防庁って……。

消防庁の管轄は総務省だ。

——日本消防庁なんて、そんな役所は、ない。

一般人には、ごく自然に映る組織名だが、公務員の涼子はすぐに違和感を覚えた。

背中に冷たい汗が走る。

救急車は春日通りから白山通りへと入っていた。方向としては都庁に向いている。水道橋から外堀通りに出て新宿に向かうのだろう。

車内にはこれまたストレッチャーと呼ぶには大きすぎる、ベッドが二台、置かれていた。

中渕裕子とマリアンヌはすでにそのベッドに身を横たえていた。ふたりとも、これまでの人生で最大の恐怖を味わったはずだ。身を縮めて、震えていた。

美菜がふたりに毛布を掛けてやっている。涼子はその背中に、そっと声をかけた。

「ねぇ、この救急車、おかしくない？」

「おかしいですよ。だいたい救急隊員が同乗していません。運転席も間仕切りされているんで、見えません」

美菜が言った。

「あんた、ミニガン、二丁持っているって言ったわね。ひとつ貸してちょうだい。私のチーフズ濡れちゃったから」

言いながら、涼子は拳銃を太腿に戻した。ドレスも下着も濡れて、冷たかった。

「いいですよ……私、放水受けていないですから、拳銃は無事です」

美菜がイブニングドレスの胸襟を開いて、ブラカップの中から、通称キーホルダーと呼ばれる世界最小の拳銃を取り出した。本当にキーホルダーのサックに入っている。

「ちょっと、私のおっぱいくさいですけど、どうぞ。これブラよりも、パンティの中に隠しておいたほうが、クリに当たって気持ちいいですよ」

「聞いてないから……」

そう言いながら涼子はキーホルダーをパンティの中に挿し込んだ。クリトリスに当てるつもりはない。ここが一番落とす可能性が少ないと判断したからだ。

ちょうどミニ拳銃をしまい終えたときだった。

運転席側の扉が開いて、白衣を着たふたりの男とひとりの女が、こちら側にやってきた。救急隊員ではなく、医師かと思いきや、先頭の男の顔には見覚えがあった。

「久しぶりです……」

男は田中正明だった。三軒茶屋のマッサージ店「上海プレス」の指師だ。

「なんで、あなたが……やはり中国諜報機関の工作員だったのですね」

涼子は、身構えた。こんなことなら、拳銃をパンティの中になど隠すのではなかった。美菜は胸の襟元に指を挿しこんでいた。取り出すつもりだ。

そのとき田中の手が、素早く美菜の頭頂部に伸びた。ぽん、と叩く。まるで木魚《もくぎょ》でも叩く感じだった。

「あっ」

美菜の顔が歪んだ。苦しみの歪みではなさそうだ。喜悦の表情に見える。

「この人の淫ツボは頭のてっぺんでね……秋川さんは……ここ」

田中の指先が涼子の顔に向かってすっと伸びてきた。躱す暇はなかった。耳の裏側を押されたらヤバイということはわかっていた。わかっていたが、動けずにいた。女として、この期に及んでも、まだ好奇心があったのだ。

不覚を取った。しかし、田中の指圧には、それだけの魔力があった。

「いやっ」

言葉ではそう言いながらも、次の瞬間、快感に溺れてしまった。

涼子も美菜も、立っていられなくなり、その場にしゃがみこんだ。アソコを触りたくてしようがなくなった。だが、目の前には中渕裕子とマリアンヌがいるのだ。彼女らを守るLSPとして、そんなことは出来ない。

涼子は堪えた。疼く肉裂を、太腿を擦りあわせて、必死に宥《なだ》めた。

――あぁ、私、最低……。

キーホルダー型の拳銃がパンティの中でズレてクリトリスに触れている。ズキンズキンと刺激してくるのだ。

もう動くことは不可能だった。動いたら、すぐに絶頂を迎えそうだった。

美菜はもう壊れていた。

この女に我慢は無理だと思っていたが、都知事の前で、最悪のことを口走っていた。

「あぁあ、おまんこしたい」

それは言っちゃだめだ、と思ったが、もはや止めようがなかった。

美菜はドレスの中に手をつっこんで、オナニーを始めてしまった。甘い性臭が匂ってくる。見ていると、涼子もしたくなったが、太腿に力を込めて、どうにか耐えた。

涼子と美菜が動けないとみると、田中はマリアンヌのほうを向いた。

「淫乱になってもらいます。それでフランス検事局の内情を吐き出してもらいますよ」

恐怖に目を剝くマリアンヌに近づいていった。

「だめよ。フランスは日本に対しては、ことを荒立てる気はない、と言っているのよ」

中渕裕子が叫んでいた。

「俺たちは、日本のことは、とりあえず、どうでもいいんだ。フランスが国際陸連の会長の賄賂をネタに、セネガルを追い詰めて、アフリカ大陸横断高速鉄道の建設を仕掛けようとしているのを、止めたいだけさ。あれは、そもそも中国が仕掛けている話だ」

「競うなら、性能で競いなさいよ」

中渕が声を荒げている。前商務大臣だ、アフリカ利権には長けている。

「性能で言ったら、日本の新幹線になっちゃうじゃないですか。政治は性能だけじゃないですよ」

田中がマリアンヌの首に手を掛けた。

「いやっ」

マリアンヌが身体を捩ったが、遅かった。田中の指がマリアンヌの細い首の両サイドに押し込まれたとき、彼女の顔が桃色に変化した。

「あぁあ……」

マリアンヌが、のけ反った。みずから膝を開いて、カクテルドレスの中を見せている。ドレスと同色のシャンパンピンクのパンティを穿いていた。ノーマルカットだ。

「あなた、やめなさい」

中渕裕子が身を乗り出して、止めに入ろうとした。田中が背後の男に指示をした。

「王《ワン》、都知事のことも気持ちよくしてやれっ」

ヤクザのような顔した中国名の男が、都知事に近づき、黒いドレスの上から、乳房を揉んだ。両方の乳房を鷲摑みにして、乳を絞り出すように揉んだ後、左右の親指で、バストトップを押した。

「あんっ。なんでそこだってすぐわかるのよ」

都知事が気持ちよさそうに、全身を震わせた。

「裕子さん、あなた、渋谷駅で街頭演説していたとき、パンツ穿いていなかったでしょう。俺たち、真下から見上げていたんですよ。あんたのまんちょ、ばっちり見えた。割れ目からクリトリスが出ているのまで見えた」

王はにやにや笑いながら、ドレスの上から、乳首を執拗に押していた。

「あっ、あっ、あっ」

中渕裕子も崩れた。自分で股間に手を這わせて、摩擦している。もともと性欲旺盛な熟女だ。きっかけさえ与えられてしまえば、すぐに暴走する。

「あっ、私のおまんちょ、見たんですね。ビラビラとかも見たんですね……」

涼子は七月の渋谷駅でのことを思い出していた。自分がナイフで脅されたときのことだ。

あのとき選挙カーの真下に田中正明がいるのを見た。偶然だと思ったのだが、この男はその頃から、都知事の周辺を狙っていたことになる。

——そして、私は最大の勘違いをしていた。

田中を取り囲んでいた集団を極道と思っていたのだが、彼らは中国の工作員だったのだ。

見た目の錯覚だった。

選挙カーのステージから見ていた岡田潤平も錯覚をしていたのだ。

——私のお尻にナイフを這わせたのは、工作員ではなく、極道だったわけだ。

あれはたぶん関東富士桜会の連中だったのだ。

見た目や、ほんのわずかの動きだけで対象を判断すると、大きなミスを犯す。この事案はその典型だった。

「もう、その三人は、何度か絶頂に達してしまわない限り、身動きが取れない。大丈夫だ。全員でマリアンヌに取り掛かるぞ。真っ裸にしろ」

田中の一言で、手下と思われる王ともうひとりの女が、マリアンヌのドレスを脱がしにかかった。

実際、涼子は立ち上がることすら出来なかった。膝をわずかに動かしただけで、クリトリスが捥《も》げ落ちそうになるほど疼いた。

あっという間に、マリアンヌのドレスが脱がされ、ブラもパンティも取られた。均整のとれた身体だった。着衣のときはモデルに見えたが、真っ裸にされたマリアンヌはアスリートに見えた。

脱がせた後は、田中と王で指圧を開始した。太腿の内側に指を食い込ませていた田中が、手下の女に言った。

よく見ると。この女にも涼子は見覚えがあった。昨日、大江戸線の中で痴漢してきた女だった。

「連穂《レンホ》、おまえは都知事を弄ってやれ。着ている服ののどこかに、賄賂政治家のリストを隠しているはずだ」

「わかったわ。私、女専《エル》だから……」

連穂が中渕裕子に飛び乗った。いきなりキスをして、そのまま両手で都知事の身体をまさぐりだした。

連穂は物凄くいやらしい手つきだった。黒のイブニングドレスの裾を捲り上げ、同じく黒のシルクのパンティの上から、都知事の股間を触っている。割れ目の筋が沈んで、代わりに丸いポッチが浮かんできた。

「あぁ、あぁ、連穂ちゃん、あなたきついわね。もっと優しくしなきゃ……あぁ」

さすがは都知事になる女だ。好きなように触らせている。

「リスト、どこにある……早く、教えなさいよ」

連穂は苛立《いらだ》っているふうだ。

「探してごらんなさいよ。私の身体中を探せばいいんだわ」

都知事の方は、むしろ積極的に身体を開いている。たいした度胸だ。もっともリストは涼子のガータベルトに挟まっているのだ。都知事の身体を、いくら探索してもリストが出てくることはない。

逆に涼子の方は、緊張を強いられた。この膝は絶対に開けない。

そう思えば思うほど、肉裂が疼いてくる。

マリアンヌが歓声を上げ始めていた。ふたりに太腿と乳房のふもとを押されていた。

たぶん、そうとうイライラさせられるポイントだ。

「あぁ、O—M A N—K Oを触って」

日本語の隠語をフランス語風のアクセントで言っていた。そのせいかあまりいやらしく聞こえなかった。

「そこは触ってやる。で、フランスは中国人リストをどう使うつもりだ。言ったら、ずぶずぶに押してやるぞ」

「クリトリス諸島を押してっ」

マリアンヌはわけのわからないことを言っている。

「なんだと……」

「淫核諸島……あれは、東シナ海のクリトリスです。刺激強すぎます」

「フランスが口を挟む問題じゃないはずだ」

「フランス政府は、北京オリンピック招致のときの賄賂の実態を摑んでいます。東京の比じゃないですね。セネガル人親子にたっぷり渡っている。共産党の幹部、ほとんど絡んでいますね。フランスは日本と組みます。中国にクリトリスから手を引いてもらいます……でもあなたは私のクリトリス、触っていいです」

「だから、フランスにどんなメリットがあるんだ。アフリカでの高速鉄道建設では、日本のシンカンセンとフランスのTGV《テジェヴェ》はライバルじゃないか」

「違うバーターがあります」

マリアンヌはべらべらとしゃべり始めた。適当に言っているのではない雰囲気だ。

田中たちの指圧に誘導されているのだ。

あの指の下では嘘はつけない。やられたことのある涼子にはよくわかる。田中の指は嘘発見器の役目もするはずだった。

やられた女が適当なことを言うと敏感に感じ取るに違いない。

マリアンヌはそれを理解している。だから真実を言って、早く肝心なところを触って欲しいのだ。

「バーターとは何だね……」

田中の親指がマリアンヌの太腿の付け根を押していた。もう一ミリで、大陰唇という絶妙なポイントだった。

「あぁあ、もっと内側を押して……」

マリアンヌが喚いた。

「だから、日本とフランスは何をバーターするんだ」

田中が鬼気迫る聞き方をした。

「原子力……は……」

マリアンヌが言いかけた。

「それ以上は、絶対言っちゃだめっ」

中渕裕子が連穂を突き飛ばした。凄い力だった。突き飛ばされた連穂が田中の背中にぶつかった。その反動で、田中の指がマリアンヌの淫核を押しつぶしていた。

「あぁああ、いくぅうぅうう」

マリアンヌが絶頂に昇りつめる声をあげた。

「ばかっ。昇天させてしまったら、満足してなにも吐かなくなるじゃないかっ」

田中が連穂を怒鳴りつけていた。

「あぁあああ……」

美菜も声をあげていた。間の悪い女だ。

「こいつら、全員裸にするぞ。逃亡防止だ」

田中が王と連穂に命じている。

車は白山通りを東京ドームの角で右折して、外堀通りに入っていた。赤坂迎賓館《げいひんかん》が見えてきたところだった。

田中が涼子に詰め寄ってきた。

──脱がされたら、拳銃もリストも奪われる。

涼子は身を硬くした。それでも立ち上がることは出来ない。

田中の背中で、王が裸になっている。

「マリアンヌは、もう裸なんだから、やっちゃっていいよな」

王がそう言って、マリアンヌの上に乗った。ぶちゅっ、と挿し込む音がする。

「私も、都知事の穴に指を挿入したい」

連穂は中渕裕子のベッドに乗った。

「さっきのお返しに、脱がしながら、穴をかきまわしてあげるわっ」

いきなり、ドレスが引き破られる音と、ねちゃ、ねちゃ、という音が聞こえてくる。

連穂は気性が荒く、中渕裕子のようなすでに成功している女が気に入らないらしい。

権力闘争というのは、女同士の方が陰険だと、かつて中渕から聞かされたことがある。

「あぁああ、連穂ちゃん、むりやりいかせないで。その指、強引すぎるってっ」

恫喝されているのだが、脅されている女がいずれもエロ好きなせいか、緊迫感はいまいちだった。

緊張はエロさで解くのが一番だ。この事案が終わったら涼子は自己啓発本でも書こうと思う。

『怖くなったら、オナニーを』という本はどうだろう。

なんて余計なことを考えている間に、田中がカクテルドレスの両肩に手を掛けてきた。左右に引っ張られて、胸元が破られたら、するりと脱げてしまう。

隠しているものすべてがそれで露見してしまう。

涼子はしゃがんだまま後退した。あぁあ、腰に力が入っただけで、パンティの中に仕込んであるキーホルダーサイズのガンが、クリに擦れてジンジンと快感が押し寄せてくる。

「あぁあ」

脱がされそうなのに、甘やかな声をあげてしまった。

「まっ裸にしてやる」

田中がドレスを引っ張った。胸元が引き攣って破れた。ブラを見せてしまった。リストをここに隠していなくてよかった。腰がふらついたので、クリがよけいに刺激された。指で一気に攻めていないので、欲求不満が頂点に達していた。

こんなことなら、美菜同様に、指でクリを転がし、昇天してしまっていればよかった、そしたら反撃できたかもしれない。

田中の指が破れ目の出来た胸元に触れてきた。一気に引きちぎる気だ。

「あぅ」

車に衝撃が走った。

後部扉に何かが激突した感じだった。涼子のクリトリスにも衝撃が走った。

「あぁ、昇《い》くぅう」

ものの弾みで、絶頂に達してしまった。頭がパニックになる。

美菜が車の中をゴロゴロと転がりだした。

次にサイドからも衝撃があった。

ふたたび物凄い勢いで、激突された感じだ。

車がダッチロールを始めた。

中渕裕子と連穂は抱き合ったまま、床に落ちている。連穂の指が都知事の身体の真ん中に埋まっていた。

「連ちゃん、ちゃんと、私を捕まえていてよ」

もうどうでもいい。

マリアンヌと王は、がっちり挿入したまま、まだベッドの上にいた。

「どうせ、生きて出られないかもしれないんだから、このまま突いてっ」

フランスの女性検事正も、たいした度胸だった。

4

偽装救急車が、迎賓館の脇の歩道に乗り上げた。クラクションが鳴りぱなしになっている。運転手の顔を見ていないが、おそらく失神して、ステアリングの上にかぶさっているのだろう。

車内は散乱していた。

田中は激しく頭を打ったらしく、床に倒れている。動かない。

中渕裕子と連穂は離れ離れになっていた。連穂の目は閉じられていた。生死不明。

中渕裕子は大きな尻を動かしながら、涼子の方へと這ってくる。

「知事、ご無事で……」

「無事じゃないわよ。欲求不満だわ……」

——ちょっとかまっていられなかった。

「マリアンヌさん、どちらですか」

涼子は声をあげた。生存確認が何より必要な状態だった。

「あぅ、まだ、いっていない……、あっ」

ベッドの真下に落ちていた。見えないが、やっているらしい。

——なら、ほっておく。

「美菜は」

同僚を呼んだ。

「生存っ。運転席に侵入しています」

はっきりと声が聞こえた。すぐにクラクションの音が鳴りやんだ。美菜が運転手を動かしたらしい。

エンジンをかける音がする。車が激しく痙攣している。

「あんた、こんな大きいの運転できるの」

「元交通課を、あまく見ないでください。私、ミニパトだけじゃなくて、装甲車も動かせます」

ノンキャリの体育会系には、キャリアとは違う能力があるものだ。

美菜がバスを動かし始めたとき、後部扉を何かで叩いている音がした。涼子は密かに、パンティの中から、キーホルダー拳銃を取り出した。手のひらに入るサイズのおもちゃのような拳銃だが、発射される弾丸は、充分、殺傷力がある。

激しい音をあげて扉が開いた。白煙が上がっている。

扉の外には伊藤泰助が立っていた。巨大なハンマーを手にしている。そのハンマーで鉄製の扉を破壊したようだ。

「知事、救出に参りました」

伊藤の背後にいた防火服を着た男たちが、乗り込んでくる。

涼子は中渕裕子を手で庇った。

「この人たちも危険です」

ミニガンを向けた。車に入ってこようとする数人の男たちは、ミニガンを見ても怖がらなかった。玩具と思っているに違いない。あるいは、発射しても、針でも飛んでくるぐらいしか思っていないのだろう。

――思い知らせやる。こいつは実弾が出る。リムファイアーだ。

トリガーを引いた。ばんっ、と音がして火花を噴くはずだった。実際には、ぬちゃと指が滑った。

――あっ。

女の割れ目に潜り込りこませていたのだが、粘液で弾倉が濡れてしまっていたみたいだ。

どんな優秀な拳銃でも、濡れたらアウトだ。

――まいった。

男たちに銃を取り上げられた。

「スイスＣＩＳＴかよ。これ、エアガンやＢＢ弾より、弱いんだぜ。せいぜい次からはコリブリ二・七ミリぐらいを持つんだな。あれなら、皮膚は貫通できるだろう」

ということはこのミニガン、皮膚でも跳ね返される、ということか。

男に腕を鷲掴まれた。抗《あらが》いたかったが、それでは都知事に危険が及ぶ。しかたなく複数の男たちに引き立てられる。

扉から外へと降ろされた。

道路に出てみると、救急車に体当たりしてきたのは、ダンプカーだとわかった。久しぶりにヤクザの野性を見た思いだ。

同時に中渕裕子も別の男たちに拘束《こうそく》されていた。ふたりがかりで外に運び出されようとしていた。

中渕の着衣も乱れている。黒いイブニングドレスの左側が破れていて、むっちりとした太腿まで丸見えになっていた。エロい。ちょっとだけパンティも見えた。黒いのを穿いている。かなりハイカットのパンティだった。

「マリアンヌは？」

中渕裕子を抱きかかえている男たちが、車内に視線を走らせている。

「あぁああ」

ベッドの下から彼女の呻く声。王とまだやっているのだ。一度入れたら、そうそう止められるものではない。それがセックスというものだ。

生き死にかかっていても、抜くに抜けない。粘膜摩擦の魔力だ。

偽装救急車は何度もブルン、ブルンと痙攣を起こしていた。

美菜はキーを回し、アクセルを何度も吹かしているようだったが、そのたびにエンストを起こしているのだ。

追突された影響で、エンジンかサスペンションに支障をきたしているらしい。

中渕裕子が扉のあたりまで、運ばれてきていた。

涼子は大声で叫んだ。

「美菜、早くっ、車を出すのよっ」

拉致されるのは自分だけでよい。

——都知事とマリアンヌだけ奪回してくれさえすればいい。

涼子はそう祈った。

大型救急車とダンプカーの激突で飛び散った金属片が、あたりに散らばり、夜空に紫の煙が上がっていた。ゴムが焼けたような匂いと、車から漏れた出したオイルの匂いがしている。

防災服を着た男に片腕を取られていたが、脚は自由だった。

涼子は、右足を大きく上げた。濡れた白いカクテルドレスが舞い上がる。ガータベルトに止めてある拳銃が丸見えになった。それでも、より高く上げた。奥の純白パンティも見えたに違いない。男が呆気に取られていた。

夜空に振り上げた踵を、偽装救急車のバンパーに落下させた。

——お願い、発射してっ
がちゃり、とバンパーが地面に落ちる音と同時に、排気口から白煙が飛び出した。車体が大きく痙攣する。

「あぁあ」

中渕裕子とふたりの男が、水泳選手がプールに飛び込むような体勢で、地面に降ってきた。これじゃ意味がない。

偽装救急車は飛び出していった。バンパーどころか、リアドアの片面も地面に落としたまま、走り去っていく。開いたままの後部扉の奥から、マリアンヌの絶好調な声だけが響いてきた。

――とりあえず外国からのお客様だけは助けられたみたい。

涼子は胸の中でそう呟いた。

事態が好転したわけではない。むしろ悪化している。自分と都知事が捕まってしまっているのだ。

「あっちの護送車に乗せろ」

伊藤が指示した。追突してきたダンプカーの後方に白とブルーのツートンカラーの護送車が停まっていた。窓に金網が張りつけられている。

「ようやく素顔を見せたわね。大日本帝国倶楽部……」

涼子は両手を男に捩じり上げられながら、伊藤を睨み付けた。中渕裕子も後ろ手に押さえ込まれていた。

「救出に来てくれた人に、護送車で連行されるとはね……」

中渕涼子は不敵に笑った。

「お国のためにやっております。都知事閣下、ご無礼お許しを」

伊藤泰助が敬礼をした。

「まるで戦前の憲兵《けんぺい》気取りね」

中渕裕子の表情が厳しくなった。

「自分たちは、特高警察の復活を訴えております」

伊藤が敬礼したまま言った。

「時代錯誤も甚《はなは》だしいわね。さて、私はどこに連れていかれるのかしら……拷問？」

都知事はまったく動じていなかった。

「しばらくの間、病気療養。そういうことにさせていただきます」

「こんなに、ぴんぴんしているのに？」

都知事は自分から護送車に向かって歩き出した。涼子も続いた。

護送車のナンバープレートを見た。これは本物の警察車両だった。

「ここから先は、警察班でやります。消防班は撤収していただいて結構。今後もチャイナマフィアの撲滅に奮闘ください」

伊藤が防火服の男たちに伝えた。消防庁の中にも大日本帝国倶楽部のメンバーがいるらしい。恐ろしいことだ。消防班の班長と思われる男が答えた。

「伊藤警察班長が、暖炉に花火を仕込んで、炙り出したところまでは、大正解だったのですが、まさか上海蛇頭も今夜を狙ってくるとは思いませんでした」

「しかも偽装救急車を用意し、都知事とマリアンヌを拉致するとは、たいしたものだ。すぐに追いかけることが出来なければ、危なく海の向こうに連れ去られるところだった」

「本当です。浦田さんの度胸には驚きました。彼女、無事ですか？」

「あぁ、ヤクザがもたもたしていたから、恵里香がダンプを動かしてくれた。おいっ」

伊藤が路肩で白煙を上げているダンプの方を向いて叫んだ。運転席のドアを蹴破って、浦田恵里香が出てきた。

紺色のタイトミニから白いパンツを見せたまま出てきた。額や頬に打撲傷があるが、眼光は光っていた。

「私って、突っ込まれるより、自分から突っ込むほうが、性《しよう》に合っているみたい……」

「これで役者が半分は出そろったわね」

中渕裕子が一瞥《いちべつ》をくれた。

――あとの半分って、誰だ。

涼子は首をひねりながら、護送車へと進んだ。

いすゞのエルガミオをベースにした車両だった。大型護送車は、大体いすゞか日野だ。三菱ふそうもある。

　背中を押されて乗り込んだ。警視庁に勤務はしているが、護送車に乗るのは初めてだった。中は普通のバスだった。ふたり用の座席が縦に並んでいる。運転席が金網で覆われているのが特徴と言えば特徴だった。

　中渕裕子とは三列ほど離れて座らされた。涼子が後方だった。伊藤が手錠を持って入ってきた。

「護送車では、決まりでして」

　先に都知事がかけられた。

「私、Mの性質ないんだよね。S専……」

「心配ありません。目隠しも、ボールギャグもしませんから」

「鞭《むち》も？」

「それもありません」

　伊藤は続いて、涼子の前にやって来た。

「手錠をかける前に、自分で拳銃とリストを差し出してくれませんか」

　伊藤が言った。

「いやです」

　涼子はきっぱりと拒絶した。強奪されるならば仕方がない。しかし、自分から差し出すつもりはない。これでも警察官だ。

「そうか、では本意ではないが……」

スカートを捲られた。太腿が露《あら》わになる。右のガータベルトにはチーフズスペシャルが、左のガータベルトには、封筒が止められていた。

伊藤は先に拳銃を取り上げた。

妥当な選択である。濡れて使い物にならなくなっているとはいえ、捕獲した相手に拳銃を持たせておくバカはいない。

「六連発か。本格的な銃撃戦なら、弾丸が足りない」

「戦争に行くわけではないので……護身用ですから」

「その専守防衛の考えが気に入らない」

「私、行政官ですから、法律に従いますけど」

涼子は肩を竦めた。パンティが放水で濡れたままだったので、なんとなく気持ち悪かった。

「封筒取ったら、手錠掛けるの、ちょっと待ってくれませんか」

「なんだ……」

「パンツ、濡れてて気持ち悪いんで、脱ぎたいんです」

「勝手にしろっ」

伊藤は左のガータベルトから封筒を抜き取った。

「これを見ている間に、下着の問題は片付けろ」

封筒を開きながら言った。涼子は立ち上がって、白のパンティを脱いだ。

「脱ぎましたが、下着どうしましょう？」

捨て場に困った。

「知るかっ」

リストを見ていた伊藤は唇を震わせていた。

「これが世に出回ったら、とんでもないことになる。浦田っ、早く車を出せっ」

運転席に向かって叫んでいた。浦田恵里香の返事が返ってきた。

護送車が動き出した。Uターンして新宿に向かっている。

涼子はパンティを手首に巻いた。つけていた腕時計を隠す形になった。その上に手錠をかけられた。

——時計に気づかれなかったのが、何よりの幸いだわ。

4

疲労が出たのか、神経が太いのか、中渕裕子はずっと眠っていたようだが、涼子は窓外の景色をじっと眺めていた。

伊藤泰助は、運手席に移動している。

護送車はフルスピードで、走行していた。新宿から首都高に乗り、関越自動車道に入り、碓氷軽井沢インターで降りた。

高速道路とはいえ、恵里香は時速百五十キロぐらいで飛ばしていた。これほど飛ばしても、パトカーも白バイも追ってこないのは、この護送車が警視庁の本物だからだ。

恵里香は赤色灯も回していた。これでは捕まるわけがない
ついさきほど軽井沢駅を抜け、別荘地の中へ入ってきた。このあたりが終着らしい。

大きな門から私有地に入った。未明のこととあってよく見えなかったが、門には「N―Y」という表札がかかっていたと思う。

――ニューヨーク？

車寄せのある洋館の前で護送車は停車した。これほどこの家に不釣り合いな車はな

いだろう。

車から降ろされると中渕裕子ともども、洋館のリビングルームに放り込まれた。五分ほど放置された。

手錠をかけられたまま床に転がされていた。

廊下の方からようやく足音が聞こえてきた。

「そろそろ、黒幕の登場かしら」

手錠を掛けられていても中渕祐子は余裕しゃくしゃくのようだった。

「助かるためなら、私、セックスでもなんでもやるわよ。秋川さん、あなたもそうなさい」

「わかりました」

涼子は素直にうなずいた。

扉が開いた。

「失礼の数々、申し訳ありません」

声とともに現れたのは、西園寺沙耶だった。いつもの黒いスーツとは違って、真っ赤なワンピース姿だった。

「主演女優の登場ね。大日本帝国倶楽部の警察内での司令塔はあなただったのね」

「そういうことです。長いこと公安で海外からの諜報員が自由に日本で活動をしているのを見て、この国の保安に対して、多くの疑問を持ちました」

西園寺がソファに腰を下ろした。都知事を見下している。涼子が会話に割って入った。

「課長は宗教団体担当だったかと……」

「そうよ。おかげでカルトと呼ばれる宗教団体に、たくさんの海外工作員が紛れ込んでいることを知ったわ。訓練された工作員はね、絶対にマインドコントロールなんかされないから、平気でカルト集団に入団するのよ」

言われてみれば工作員の格好の隠れ蓑《みの》となりえるのは、狂信的な宗教集団だ。

「それで彼らは、内部で信用を積みかさね、幹部に登用されたら、今度は逆に信者たちをマインドコントロールにかけるのよ。そうやって破壊活動へ仕向けるの。最初は純粋に信仰を深めようとしていた集団も、彼らの手にかかると、一気に凶暴化するわ」

一理ある話だ。

「そして、警察が行動確認のために張り込むと、宗教弾圧だと、喚くのよ。合法的にはまったく手が出せなかったわ」

伊藤が入ってきた。涼子から奪った二丁の銃を持っている。

「だから、この国にはふたたび特高警察が必要なんですよ。適当な理由をつけて引っ張って来て、秘密裏に処理できる警察がね」

涼子から奪い取ったチーフズスペシャルとミニガンを持っている。自分では所持していないらしい。銃口を向けてきた。

「それ、濡れていますから、弾は出ません。それにミニガンの方は、皮膚すら貫通しないんでしょ。私、面《つら》の皮、厚いですから」

涼子は銃口を覗きながら言った。

「ちっ。弾の出ない拳銃なんて、インポ男みたいなもんだ」

伊藤が空いているソファの上に、ふたつの拳銃を放り投げた。

「いいじゃない。あなたには、得意の花火があるんだから」

西園寺沙耶が言った。

そう言えば先ほどの消防士も、伊藤が暖炉に花火を仕掛けたと言っていた。伊藤がにやりと笑った。

「俺、花火師の息子だからね。火薬自由になるんですよよ」

得意そうに笑った。

「それに伊藤君、火災に見せかけて、家ごと燃やしちゃうのも、得意なんだよね」

西園寺沙耶が両手を広げて、笑っている。テレビドラマの勝ち誇る犯人の笑い顔に似ている。つまり歪んだ笑顔ということだ。

「じゃぁ、この家も、燃やしちゃうのね……すごくいい洋館なのに、もったないわ」

中渕裕子が言った。

「いいえ、中渕都知事所有の別荘ですから、このぐらいでなければ、おかしいんです」

「私こんな別荘、持っていないわよ。そんなお金があったら、後援会をもっと充実させるわよ」

と、そこで、扉が開いた。

「ここ、三年前からキミの所有になっているから……入ってくるとき、表札見なかった？　N―Yってなっていたでしょう。あれ中渕裕子の略だから」

入ってきたのは、民自党幹事長石坂浩介だった。涼子は口から、臓物が飛び出しそうなほど驚愕した。

政界一の紳士で鳴らす、この男が、なんでここで登場してくるのだ。

「とうとう主役の登場ですね」

中渕裕子は目を輝かせていた。本当に羨ましい神経だ。

「ずっと目をつけていたんだけどね。キミ、大日本帝国倶楽部に、向かないね」

石坂浩介が、上着を脱いだ。西園寺沙耶が駆けより、受け取る。まるで愛人だ。

「はい、まったく入会する気はございませんよ」

中渕が答えている。

「豊洲をストップさせるなんて、僕には信じられないよ」

石坂はネクタイも緩めている。

「そうでしょうね。有明のオリンピック施設、止まったら困りますものね」

「それだけじゃない。シンガポールのコンサルタント会社のリスト、あれだけは、出されたら困るよ。キミは勝手に、フランスや北京とバーターをしようとしているじゃないか」

「原子力発電、フランスから購入しちゃまずいですか。副総理が、その手もあるかと言っていましたけど……」

副総理は石坂の最大の政敵だった。

「それじぁ、本当に困るんだよ」

石坂がワイシャツとズボンも脱いでいる。トランクス一枚になった。

そのトランクスの前に西園寺沙耶が跪《ひざまず》いた。

──本当に愛人だったんだ。

西園寺沙耶がトランクスを脱がせた。だらりとした男根が現われる。西園寺がしゃぶり始めた。亀頭はピンクだった。

「伊藤君、都議を呼べ」

石坂が命じた。伊藤がリビングを飛び出して行く。すぐに都議会議員で、都連のボスと呼ばれている外山正彦が連れて来られた。

「ブラックボックス先生、なんて格好になっているんですか」

中渕裕子が目を丸くした。外山は真っ裸にされていた。亀頭だけが、剛直していた。

「恵里香が、高速フェラで大きくしました。すぐに合体可能です」

伊藤が言っている。

「じゃぁ、中渕君を脱がせなさい」

石坂が命じた。伊藤泰助が中渕裕子のイブニングドレスをビリビリと破った。裕子の豊満な肢体が現われる。バストの形がいい。トップが突起していた。

「ブラもパンティも、全部脱がせてっ」

西園寺沙耶がヒステリックに叫んでいる。伊藤は言う通りに、裕子を丸裸にした。

ふさふさと生い茂る恥毛がはっきり見えた。

外山が無言で覗き込んでいる。眼がトロンとしていた。アルコールの匂いもする。むりやり飲まされたに違いない。

「いやん、さすがに恥ずかしいわ。手錠はとってよ」

石坂が頷いた。伊藤が裕子の手錠を外す。裕子はすぐに秘裂の前を隠した。

「外山さん、死ぬ前に、せめて都知事と挿入させてあげます。体液をたっぷり、ぶちこんでください」

伊藤がチーフズスペシャルの銃口を向けた。もう弾倉も銃口も乾いているのかもしれない。

「なんで、俺がここで死ななきゃならない」

外山が目を剝いた。

「あんた、中国と近づきすぎた。六本木の不動産物件や、歌舞伎町の風俗店、相手が中国の工作員だとわかっているのに、売りまくった。これは罪だ」

「なにを言う。すべて合法的なことだ。わしは不動産会社を紹介しただけだよ」

「議会では通る答弁も大日本帝国倶楽部は許さない」

石坂が、ブルンと腰を震わせた。西園寺が咽《むせ》た。結果的にイマラチオになったみたいだ。

「不愉快なのはわかりますけど、それでは資本主義も民主主義も成り立ちません。幹事長の仰っていることこそ、暴言です」

中渕裕子が叫んでいた。

「政治家は、法の埒外で、ことを起こすこともある」

石坂が腰を振りながら、西園寺沙耶のワンピースの襟から手を差し込んでいる。乳房を掻きまわしているようだ。

「中渕裕子と外山正彦は、実は以前から親密な関係にあったという構図だ。ここで酒を飲みセックスをしている間に、うっかり火災を起こした。そういうことになっている」

「外山さん、煙草を吸う人なんで設定しやすいです。ここに外山さんが、吸った吸い殻集めてきましたから、出火はここにします。あとはこの家の各所に発火しやすい火薬を撒《ま》いてきましたから、火の手は早いですよ」

伊藤が誇らしげに言った。

5

「あぁあ、なんで私があなたにやられなきゃならないのっ、ううっ」

涼子は拳銃を持ったままの伊藤泰助に挿入されていた。正常位でずっぽり根元まで挿入されていた。中渕裕子ともども手錠は外されていた。

「いいじゃねぇか。俺もひと仕事終えて、ご褒美が欲しい」

元々パンツを穿いていなかったので、スカートを捲られ、いきなり挿し込まれたのだ。

「秋川は服を着たままじゃないと困るんだよ。同行していたＬＳＰの焼死体が裸だとまずいじゃん」

男根を抽送しながら伊藤が言った。

「あっ、いやっ」

命が脅かされているにもかかわらず、切羽詰まった状況でのセックスはとても感じるものだった。

伊藤が激しく穿《うが》ってくる。

涼子は背中に手を回しながら、腰を打ち返した。

リビングの中央では、たっぷりウイスキーを飲まされた中渕裕子が、四つん這いになっていた。

外山の赤銅色の肉茎を受けて入れている。引力の法則で床に向かって垂れ下がっている乳房を外山が拾いあげるようにして揉んでいる。

中渕裕子はさかんに体位を変えていた。外山を飽きさせないようにしている。持続させようとしているのだ。

これはひとつのサインだった。

セックスをしている間だけが、生存時間なのだと。中渕裕子は教えてくれているのだ。

涼子は汗みどろになりながら、ソファに転がっているチーフズスペシャルとミニガンを追った。一メートルと離れていなかった。

ソファの横で、西園寺沙耶と石坂浩介が嵌めていた。石坂は嵌めながら、ウイスキーのボトルの中身を振り撒いていた。

あたりに酒の匂いがぷんぷんとする。

何も知らない誰かが見れば乱交パーティだ。6P。東山美菜が見たら、すぐに見ながらオナニーをするに違いない。

──冗談じゃない。こっちは命がけのセックスだ。

「伊藤さん、バックにして」

そう懇願してみた。伊藤が射精して、石坂と西園寺も終わったら、そこでゲームセットになる可能性が高い。とにかく趣向を変える。

「妙なまねをするんじゃないぞ」

「死に際だから、四十八手、全部でやられたい」

涼子は勝手に、肉の繋ぎを解いて、伊藤の方に対して尻を向けた。顔はソファに向いている。ソファの上にミニガンが放置されていた。

──あの銃を奪い返すしかない。

発情している伊藤はすぐに再挿入をしてきた。トロトロになっている肉路に、ずるりと入ってきた。いいっ。

「LSPの穴にインサートできるとは思っていなかったよ。恵里香が岡田とホテルで嵌めたと聞いたときには、嫉妬に燃えたが、これであいこになった」

聞いたとたんに、頭に血がのぼった。

岡田潤平とやったとは許せない。

「浦田さん、いまどこにいるんですか」

「見張りだ。門の前で、見張っている」

生きてここを出たら、回し蹴りでめった打ちにしてやる。このピンチを意地でも脱出しなければ気がすまない。

涼子は虎視眈々とチャンスを窺った。

「外山さん、次は駅弁ファックがいい」

中渕裕子がバックで突かれたまま、首だけ曲げて、懇願していた。どこまで演技で、どこまで本気かわからないほど、エッチな表情だった。

「知事、無茶を言わないでください。四十路の熟女でしかも知事は大柄だ。俺は還暦すぎているうえに、酒を飲み過ぎて、くらくらしている。俺には無理だよ……」

「いやんっ。だっこっ、だっこっ」

中渕が這いながら前へと進んだので、肉の接続が外れた。外山の男根が天井を向いた。

「だめだっ。外しちゃだめだ。どうしても、精子を都知事の穴の中にぶち込むんだ」

石坂が怒鳴った。

ウイスキーのボトルを外山の背中に投げつけている。骨が折れたのではないかというほどの音がした。

石坂たちとしては、どうしても、ふたりが嵌めていた証拠が欲しいのだ。精汁を採取して、膣に流しただけでは、鑑識が見破る可能性がある。摩擦した痕跡をきちんと残して、情痴事件に仕立て上げようという魂胆だ。

涼子としては銃を握っている伊藤の気を逸らしたかった。

「あぁああ、いいっ。もっと突いて」

本当によかったこともあって、涼子は声をあげた。

伊藤が夢中になって、怒濤《どとう》のストロークを打ってくる。伊藤はとうとう、拳銃を持っているのが、まどろこしくなったらしく、ソファの上に放り投げた。

涼子が手を伸ばせば、どうにか届く距離だ。

——チャンスだ。

ようやく、生き延びる方法が見えてきた。

女の心理とは不思議なものだ。生きる希望が見えたところで、挿入されている穴が、急に快感を増しはじめた。

ずんちゅ、ぬんちゃ。バックで抜き差しされた。

「おっぱいも、刺激してください」

伊藤の意識をソファの上の拳銃から離そうという気持ちもあったが、四つん這い状態で、垂れ下がっている乳房が刺激を求めていた。

特に乳首が疼いている。

「しようがねぇなぁ。おまえ、スケベだな」

伊藤が抜き差ししたまま、両手で乳房を摑んできた。たわわに下がった乳山を、下方からやわやわと、揉まれた。

「ああんっ」

手のひらの中で、乳首が転がされた。

「先っちょ、摘まんでください」

どんどん要求した。これから生きるか死ぬかの勝負に出るのだ、快感の洪水を可能な限り浴びておきたい。

伊藤も淫気が高まってきているようだった。背中に汗が落ちてくる。

「わかった、摘まんでやる」

双方の乳首を親指と人差し指で、摘ままれた。乳山のふもとにまで、きゅんっ、と快感が走る。

「あぁあっ、凄くいい」

乳首を刺激されると膣の肉層が窄《すぼ》まった。

「おおぉ、秋川……なんだ、この締まりの良さは……すげぇ、圧迫感が気持ちいい」

伊藤が呻いた。呻くと同時に、乳首を思い切り摘まみ上げた。故意ではなさそうだ。挿入した肉棹に膣圧が加わって、快感が全身に迸ったので、指に力が入ったのだ。

「あぁああ……乳首、こんなに感じるなんて……」

涼子の膣層がざわめき、さらに窄まった。

「おっ」

肉層の中で小さな飛沫《しぶき》が上がった。まずい。膣圧が加わりすぎたのだ。これでは伊藤の射精を早めてしまうことになる。

――この男が果てたら、私の人生は涯《は》てることになる。

涼子は拳銃を奪うことに神経を集中させることにした。まず一回、繋がりを解かなければならない。

「伊藤さん、アナルっ。そっちの方が、もっと締め付けられると思います」

「えっ」

これしかない名案を思い付いて言ったら、伊藤のストロークが中断された。

「私、やったことないんです」

事実だ。アナルに関しては正真正銘の処女だ。

「いま、私の人生における、ラストチャンスですよね。アナルファックの……」

末期に望むものとして、情けない気もするが、方便だからかまわない。

「……アナル、実は俺も初めてだ」

「それじゃ、伊藤さんも経験してください。未来の特高警察官は、アナルセックスの拷問ぐらい出来ないとだめです」

これはコントのセリフではない。生死を賭けた、一発逆転への誘い文句だ。

「わかったよ」

伊藤がいったん亀頭を抜いて、腰を高く上げた。

女が四つん這いの状態で、男が亀頭を尻のすぼまりにあてるには、垂直に下ろさなければならないはずだった。

伊藤の視線が下に落ちた。チャンスだ。しかしこそばゆかった。

亀頭を渦巻きの中心に当てている。入る気がしない。

「伊藤さん、まん汁を、もっと付けた方がいいです。ぬるぬるにしてから、挿入すると、スムーズになりますわよ」

中渕裕子が離れた位置からアドバイスをしてくれた。きっと涼子の魂胆に気が付いてくれたのだ。

中渕は騎乗位で腰を振っていた。さすがに老いた外山の膂力《りょりょく》では駅弁スタイルは無理らしかった。

伊藤は中渕裕子の声に触発されたらしく、亀頭を蜜のしたたる膣口にいったん戻した。

「伊藤さん、もっと、割れ目の上で、まん汁を掬《すく》って、もっとよ。そこはたっぷり付けなくちゃ……」

都知事が檄《げき》を飛ばしている。

「なるほど」

伊藤の意識が涼子の股間と尻に向かいだした。

――いまだ。

涼子はそっとソファに手を伸ばした。ミニガンを取った。これだと手のひらに隠せる。

うまく取った。裕子の方を見た。軽くウインクする。

このガンが発射出来るようになっている保証は何らない。

ただ女の本能で、銃に付着していたまん汁はすでに乾いたような気がする。濡らしたのは、水ではないのだ。

ソファの上には、チーフズスペシャルが一丁放置されたままだ。あれが消えたなら、伊藤も気づくだろうが、ミニガンだけなら、見逃す可能性大だ。

そんな風に次に打つ手を思案していたら、尻にとんでもない激痛が走った。

「あぁあああああ」

伊藤の男根がめり込んできていた。一気に全長だった。だまし討ちのような、入れ方だった。

——下手くそっ。

着陸の下手なパイロットのような尻穴挿入だった。たまったものではない。

「伊藤さんっ、はっ……もっと蜜で濡らしで、ちょっとずつ、挿入してくれないとダメです。一気に全部なんて、ありえない……うぅう」

冷たいかき氷を一気に食べたときのような頭痛がしてきた。背中に冷たい汗が走る。

アナル初挿入は、とんでもない形で決行されてしまった。

「うるさいっ」

伊藤もアナル初挿入に、焦っているようだった。膣よりもはるかに狭い尻路へ、肉茎がずっぽりと入ってしまったので、逆に身動きが取れずにいるようだった。

「秋川、狭《せば》めるな、射精してしまいそうだ。出すなら、やっぱりまんちょの方がいい」

勝手なことを言いだした。

「狭めていませんっ」

涼子は涼子で脂汗《あぶらあせ》が噴出していた。

伊藤がアナルから抜こうとして亀頭を引き上げ始めた。

ずりっ、ずりっ、と引き上げていく。尻路の硬質な壁が抉《えぐ》られる。涼子は発狂しそうになった。

これはまさに拷問だった。

「わぁああああああああ」

涙が出てきた。苦しさで、余計に尻穴を締めてしまう。

「おぉおおっ、やめろっ。亀頭が潰れるっ。おぉおおおおおおおお」

伊藤も絶叫した。

ずるんっ。やっと抜けた。尻の底に、ぽっかり穴があいたような気分だ。心の中心にも穴があいた。

いろんなことに頭にきていた。

政治にも、行政にも、職場にも、猛烈に腹が立ってきた。

ＬＳＰという仕事は忍耐が最大の任務だ。だから様々なことに我慢してきたが、ちょっと限界だ。

一番頭にきているのは、岡田潤平が浦田恵里香とセックスしてしまったということだ。

二番目がこのアナル挿入だ。任務遂行上、自分が誘ったこととはいえ、このぶち込み方はひどすぎる。無礼にも程がある。

――あったま、きたっ。

我慢はいつか、爆発する。いまがそのときだった。

「おぉおおおおお」

振りむくと、伊藤が抜いたばかりの亀頭の先端から、白い液を飛ばしていた。びゅんっ。涼子は身体をのけ反らせて、精子を躱した。危なく顔射されるところだった。

尻の穴に入った亀頭で顔射などされたら、たまったものではない。

涼子は完全に理性を失った。

「バカにしないでっ」

気が付くとミニガンの銃口を亀頭の先端に向けていた。射精している小さな口に目がけていた。

伊藤が咄嗟に手で払いのけようとしてきた。

「アナルセックス下手すぎ。栓するから、我慢してっ」

トリガーを引いた。二ミリちょっとの弾丸が火を噴いて飛び出した。パンッ、という音だった。銃は乾いていた。

「あぁあああああああああああああっ」

亀頭の先端のしかも精子口に弾丸を撃ち込まれた、伊藤は口を開けたまま、ひっくり返った。床に落ちて、胎児のような形になって、陰茎を押さえている。

エアガンよりも威力がないと言われているが、至近距離で直径二ミリの弾を撃ち込まれたのだから、激痛が走っているはずだ。

石坂があわてて西園寺の女穴から、陰茎を引き抜いた。

「何をするっ」

そばにあった花瓶を持って殴りかかってきた。涼子の持っているミニガンなど恐れていないのだ。確かに殺傷力はない。ただし、狙う場所によっては、相手の動きを止められる。

「悪徳政治家は、ＬＳＰが成敗しますっ」

涼子は民自党幹事長石坂浩介の睾丸を狙い撃ちした。ふたたび、ミニガンが火を噴いた。

「おぉおおおおっ」

皺袋に穴があくのが見えた。恐らく痛い。これは痛い。

陰嚢に弾がめり込んでしまった石坂浩介は、口をへの字に曲げたまま、その場に立ち尽くしていた。花瓶が床に落ち、粉々になった。

「知事、早く服を着て外に出てください」

「っていっても、私のドレス、裂かれちゃっている。品がないけど、これ借りる」

中渕裕子は西園寺沙耶の真っ赤なワンピースを着た。中渕が着ると、愛人ではなく熱血政治家に見えるから不思議だ。

ふと見ると狡猾な顔に戻った都議の外山正彦が、裸のまま扉の方へと這っている。

「あなたにも、天罰っ」

垂れ下がった睾丸を狙った。命中した。

「わぁっ」

外山は腹ばいに倒れた。

「あぁあああ、金玉が割れちまった。いてぇ」

外山は床の上で、釣り上げられたばかりの魚のように、のたうち回っていた。

西園寺沙耶が眦《まなじり》を釣り上げて、中渕裕子に飛びかかってきた。真っ裸だった。

「次の都知事は、私なのよっ。あなたの出番はもうないのよっ」

髪を振り乱しながら、中渕裕子の腰にしがみついていた。この女への制裁の仕方は決めていた。

涼子はゆっくりと西園寺沙耶の背後に回った。

ミニガンの銃口を西園寺の尻穴にそっと、近づける。

気が付いた石坂浩介が、叫び声をあげそうになったので、涼子はもう一発撃った。

こんな小さな拳銃でも、ダブルアクションの六連発式だった。

四発目は石坂浩介の肉胴を撃ち抜いていた。ちょうど浮き上がった筋から、血が流れてきた。

石坂は口をつぐんでうずくまった。

涼子は銃口をふたたび西園寺沙耶の尻の穴に向けた。しっかりと西園寺の尻たぼを摑んで、銃口を窄まりの一ミリほどまで近づけた。茶褐色の小さな窄まりだった。

ためらいなくトリガーを引いた。一発目。ばんっ。銃口が火を噴いた。尻に火をつけるとはまさにこのことだ。

「ぎゃぁあああああ」

西園寺沙耶の尻が飛び上がった。三十センチほど上に浮いて、戻ってきた。一発、残っていた。今度は銃口を尻穴にめり込ませた。二・三四ミリ口径の銃身が埋まった。西園寺の背中が固まった。尻たぼも強張《こわば》っている。

「いっちゃえ、ねえさんっ」

もう一度トリガーを引いた。時速四三四キロと言われる弾丸が、尻路の中に飛び込んでいった。

「あぁあああああああああああああ」

西園寺が髪を振り乱して、絶叫した。

敷地は広いが、通りまで響くような声だった。

西園寺はそのまま床に突っ伏した。

致命的ではないが、排便にはしばらく難儀することだろう。

涼子はソファに捨てられていたチトフズスペシャルも手に取った。

軽井沢のドライな空気に触れて、こちらも乾いたかもしれない。

「知事、では東京に戻りましょう」

涼子は玄関に向かった。

車寄せに出た。

空はもう青く輝いていた。八月の軽井沢の空は澄んでいた。

西園寺の悲鳴を聞きつけ、外で見張りをしていた浦田恵里香がこちらに駆けてくる。

「知事、ちょっとだけ離れていてください」

「わかったわ。思い切り、やるといいわ」

涼子の目の前にやって来た浦田恵里香が、回し蹴りを繰り出してきた。

タイトミニからパンツが丸出しになっていた。紫のパンツだった。涼子は身体を沈めた。沈めながら、脚を伸ばした。

軸足一本になっている恵里香の足首を払った。支えをなくした恵里香が前のめりに倒れてきた
頭が落ちてくる。涼子はかがんだ体勢から、思い切りジャンプした。頭突き。

どっちが石頭か勝負だった。ゴツンっ。ふたりの頭が激突した。

「あぁあああ」

恵里香が額から血を流してがっくりと膝をついた。

涼子が右足を振り上げた。踵落としで、この女の脳漿《のうしょう》を炸裂させてやる。

「はいっ、そこまでっ」

中渕裕子がパンティを投げてきた。彼女が穿いていた黒いパンティだった。爪先に絡まった。狙いが狂って、涼子も尻餅をついた。

「秋川さん、それ以上はだめよ。もう来るんでしょ、明田真子《アケマン》。過剰防衛で、あなたが逮捕されるわ」

都知事に諭《さと》され、涼子も冷静になった。

自分の腕に絡めてあったパンティを取り、隠していた腕時計を見た。GPSになっている時計だった。

スイッチを押すと盤面に地図画像が浮かび、現在地に向かって、援軍が近づいてくるのがわかった。

すでに軽井沢駅を越えている。

玄関から石坂、西園寺、伊藤、外山の面々が、裸のまま這って出てきた。男は股を押さえ、女は尻を押さえていた。そのまま這って、芝生の庭へと出ていった。

全員、やっと這っている感じだった。

「あの状態で、逃亡は無理よ。これ以上痛めつける必要はないわ」

都知事が言った。

通りの彼方から、サイレンの音が聞こえてきた。

「知事、仲間にここの場所を教えていいですか」

涼子はチーフズスペシャルを青空に向かって、掲げた。

「銃声で知らせるのね」

都知事が耳を塞いで、目を丸くしている。お茶目な四十歳だ。

「もっと、派手に知らせます」

涼子は銃口をいま出てきたばかりの、洋館の窓に向けた。六発全部撃ち込む気でいた。ストレス発散だ。

一発撃った。

銃はやはりもう乾いていた。ミニガンとは比べ物にならないほどの音がして、窓が割れた。先ほどまで、乱交状態だったリビングの窓だ。

——まだまだ、こんなもんじゃやすまないわ。

割れた窓をさらに狙った。

ソファが撃ち抜かれたみたいだった。綿がいくつも舞い上がってきた。そのまま、三発連射した。残り一発だと思い、ひと息入れた瞬間だった。

ぼっ。室内で炎が上がるのが見えた。

芝生の上で、伊藤が吠えた。

「あわぁあああ。引火した。ぶっとぶぞ」

芝生にいた三人と恵里香が、這いながら、猛然と門の方へと向かいだした。それと同時に門のあたりに、ワゴン車が何台も到着した。

明田真子が降りてくるのがわかった。

すぐにドカンと音がした。

二階建ての、英国貴族が住むような洋館が大爆発を起こした。

涼子は都知事の手を引いて走った。

爆風に煽られながら、這っている人間たちを飛び越えて門に向かった。

明田真子の前までたどり着き、涼子は告げた。

「課長、あそこにいる人たちを、拉致監禁で逮捕してくださいっ」

「ＯＫ」

すぐに配下の刑事たちが手錠を持って駆けていく。

「秋川っ、よくやった」

明田の背後から岡田潤平が走ってきた。涼子はここぞとばかりに、岡田の胸の中に倒れ込んだ。

「〈絶頂作戦〉任務終了です……」

岡田がしっかりと抱きとめてくれた。大きな胸だった。岡田は涼子の腰を抱いてくれた。

目を瞑り、無言でその胸に顔を埋めた。

――これ、いいムードじゃない……しばらくこのままでいたいわ。

涼子はさらにもたれかかった。その瞬間、腰に回していた岡田の手がずれた。尻に触れた。

「うわぁ……痛い」

涼子は悲鳴をあげて、思わず飛び上がった。

お尻がまだ痛かった。

*

「マリアンヌさんは、無事だったんですか」

帰りの車。涼子は明田真子に聞いた。

「大丈夫。東山がちゃんと保護したわ。それに田中正明は偽装救急車で昏倒していたので、逮捕しました。一緒にいた中国サイドの工作員も逮捕したわよ。総監に報告したうえで、明日にでも、公安部に引き渡します。手柄を公安部にあげるようなものだから、しっかり組織の全容を聞き出してもらわなきゃね」

明田はあくびをしながら教えてくれた。

「それでは、全面解決ですね」

涼子も大きく背伸びをした。

「……いいえ、石坂という司令塔は、とりあえず捕まえたけれど、大日本帝国倶楽部を根絶しないといけないと、全面解決にはならないわ」

「そうですね……それは組対部の方向から、逆探知していく捜査方法でしょうか」

まずはそれしかあるまい。

「それはそれとして、秋川さん、来春、消防庁に出向してください。あそこに大日本帝国倶楽部が巣くっていることは、今回はっきりしました」

「えっ」

「中渕都知事の了解も得ました。四月の人事で、女性審議官を任命します。あなた、その警護担当になってもらいます。消防庁への潜入捜査ですね」

碓氷インターが見えてきた。

——警備課は守備専門じゃなかったのか……なんで私が捜査員になるんだ。

涼子は反論しようとしたが、そのとき車が石を踏んだ。尻が浮かび上がって、また沈んだ。シートにしとどに肛門を打ちつけた。

「痛いっ」

（了）

長編小説

絶頂《ぜつちよう》作戦《さくせん》　警視庁《けいしちよう》警備九課《けいびきゆうか》一係《いちがかり》秋川涼子《あきかわりようこ》

沢里裕二《さわさとゆうじ》

2016年11月28日　初版第一刷発行

ブックデザイン……………………… 橋元浩明(sowhat.Inc.)

発行人……………………………………… 後藤明信
発行所…………………………………… 株式会社竹書房
〒102-0072　東京都千代田区飯田橋2－7－3
電話　03-3264-1576（代表）
03-3234-6301（編集）
http://www.takeshobo.co.jp
印刷・製本……………………………… 凸版印刷株式会社

■本書の無断複写・複製・転載を禁じます。
■定価はカバーに表示してあります。
■落丁・乱丁の場合は当社までお問い合わせ下さい。
ISBN978-4-8019-0917-5　C0193